PAN ASIA
HUMAN RESOURCES MANAGEMENT&CONSULTING CORP.
汎亞人力資源集團

外籍勞工管理實務系列03

我家印傭說台語

張隆裕◎編著

二十年外勞管理實務專家精心力作

我家女傭真的很不一樣！
快速學會以台語為中心的交談生活，
全書塑造簡潔有力的會話情境，
幫助女傭在書中自然地學台語，
讓溝通完全零距離，
讓雇主沈浸在卓越的服務中！

螯早
Selamat pagi

汎亞人力資源

CONTENTS

CONTENTS

Chapter 2 contoh percakapan yang sering digunakan 應用篇－常用例句

CONTENTS

序

印尼人與台語

印尼人與台灣話的關係，大約要推回六百年起開始談起……。

閩南話在六百年前於鄭和下西洋時，便開始流傳於居住在印尼的華僑中，而這群印尼華僑所使用的閩南語也就是目前的台語。隨著時間的累積以及華僑移民的腳步，便慢慢地散佈於印尼的各地。目前印尼國內最多人講閩南語的地方當屬蘇門答臘島上的棉蘭莫屬。

在印尼，若要找閩南語的語言老師，就要去棉蘭尋找，因為當地華僑所說的閩南語，應當算是最接近目前台灣所使用的台語的。其餘的地區人民所說的閩南語，都和現代台語相差甚遠。目前最需要閩南語師資的地方則是雅加達地區，多半是輸出外勞到台灣來的仲介公司訓練中心。

三、四十年前，印尼的禁用華文政策，造成華文教育的中斷，近幾年印尼才慢慢開放華文可以公開教學。不過，正因為東協國家間的貿易需要，新一代的學習華文就慢慢轉向學習簡體文了，能懂繁體文的人就不會有多大的增加了。

現在雖然有些觀光據點的銷售人員，還有海關人員會講幾句台灣的台語與國語，但是可以預期，在印尼除了女傭，仲介的翻譯外，會主動學台灣話的人可以說是少之又少。

台灣一直想要在亞洲的國際社會上，扮演重要的角色，當然也希冀台灣的語言文化能通行於東南亞，向外傳播出去。或許，在不久的將來，透過目前來台工作的印尼籍女傭工作期滿回家鄉後，用台語相互交談，也能使台灣話漸漸地在印尼當地流行起來喔！

編撰此書至此，忽然有感，抒發己意，若有唐突，還請寬諒。

張隆裕

二〇〇五年十月於台灣

Characteristic 本書特色

有助於來台工作的印傭，立即加強聽、說台語的能力。

☑ 活潑

精選有關台灣常用俚語，加上了印尼文的解釋，幫助印傭立即地融入台灣日常生活。

☑ 便利

分類詳細的會話篇，可以讓雇主利用「一指神功」即用手指書籍文字來與女傭溝通。

本書選錄簡單、易懂的佳句，便於女傭閱讀。

☑ 熟悉

配合印尼人的拼音習慣，幫助女傭立即吸收。

用印尼拼音來講台語

台灣話（福建語）的音調說明；台灣話原則上有七個音調，分為高音，下降音，低音音，中促音，上升音，中音，高促音。在傳統的台語教學中，是把這些音調以1高音，2下降音，3低音，4中促音，5上升音，6下降音（與2重複），7中音，8高促音來排序。較為現代化的新式台語教學則有把這七個音調簡化成六個或五個的做法。只是這些新式台語教學的音調分法，不見得就適合印尼人來學台語。

為了配合印尼人的拼音習慣，加上印尼拼音字母與英文字母的種種差異，我們簡化台語的音調到印傭能了解的程度，本書省略了促音的音調，而只使用下降音（ˋ），上升音（ˊ），高音（¯），中音（-），低音（_），而字尾有 p，t，k，h 的就是促音。

且因為台灣本身也有南北腔調的差異，這些高低促音也會隨著轉調而漸漸趨向一致。所以本書盡量減少促音音調的標示。

來台灣工作的印傭只要能稍稍會使用高中低音及升降音，就可以輕鬆聽講台語了。

Cara Membacanya Dalam Bahasa Indonesia

Selain itu disertai cara membaca dalam bahasa Indonesia

Bahasa Taiwan (Hok-kian) 5 nada

5 nada pengucapan dalam Taiwan , yaitu

Nada 1 = nada tinggi merata , tandanya : (¯)

Nada 2 = nada sedang , tandanya : (-)

Nada 3 = nada rendah , tandanya : (_)

Nada 4 = nada naik / meninggi , tandanya : (´)

Nada 5 = nada menurun , tandanya : (`)

台灣話（福建語）的音調說明

台灣話原則上有七個音調，分為高音，下降音，低音音，中促音，上升音，中音，高促音。如下圖；

音調的圖解說明

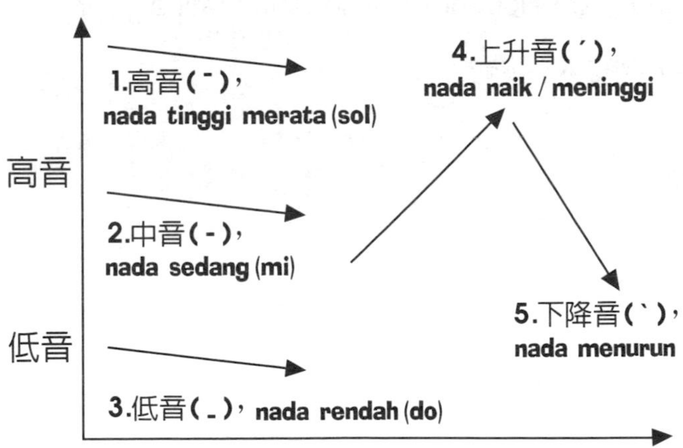

另外，台灣話中有很多的以鼻音發音的母音與子音，對於不懂台灣話的印尼女傭來說是太困難了些，所以本書中並不

特別將這些音分別出來，而是要靠印傭自己多聽多講來分別，且把這種差異牢記在心裡，這才能在學習台語的時候能事半功倍。

Bahasa Taiwan ada sebagian yang menggunakan bahasa hidung, (dalam buku ini tidak banyak dijelaskan secara detail) jadi banyak dengar radio untuk latihan dan sering latihan mengucapkan .

學習台語的方法

印尼人學習台語，最重要的多聽多講。

Orang Indonesia belajar bahasa hokkian yang paling penting adalah banyak dengar banyak bicara .

但若是能事先了解台語和印尼話之間的差異，對於印尼勞工學習台語會有很大的幫助。

Tapi jika sebelumnya bisa membedakan letak perbedaan bahasa Indonesia dengan bahasa Hokkian, terhadap orang Indonesia dalam belajar bahasa Hokkian adalah merupakan bantuan yang besar .

台語是個多音調的語言，但是只要多學習多用功，在台灣工作的印尼人要很快的聽懂台語也是不成問題的。

至於要說得台語出來，是稍微難一些的。因此，學習台語要先能聽得懂是第一步，一定要先聽得懂後，才有可能說得出別人不會誤解的台語來。

bahasa hokkian adalah yang paling banyak menggunakan nada bunyi, tapi hanya dengan rajin dan banyak belajar, orang Indonesia yang berada di taiwan untuk mengerti bahasa mandarin juga bukan merupakan masalah. untuk bisa mengucapkan keluar bahasa mandarin, sedikit lebih sukar. karena itu belajar bahasa hokkian harus terlebih dahulu mengerti, baru bisa menegucapkannya keluar dan orang lain tidak akan salah mengerti .

在學習台語的時候，隨時注意到；台語每個音有七種音調，一定要好好分別清楚。然後還要注意台語有很常用的鼻音，有的是用在母音，有的則是用在子音，要能正確的發出有鼻音的台語來，別人才聽得懂妳說的意思。至於變調的規則，是最為難學難懂的，但是把握個重要原則：一行句子裡面的音調都是轉變成越來越高的，就很好把握轉調的規則了。

Saat belajar bahasa hokkian, setiap saat harus memperhatikan: setiap intonasi nada bahasa hokkian ada 7 macam nada, harus bisa membedakannya dengan jelas. setelah itu harus memperhatikan bahasa hokkian ada yang sering menggunakan bunyi nada hidung, ada juga yang dipakai pada huruf hidup/vokal dan ada juga yang hanya ditempatkan pada huruf mati/ konsonan, harus dengan tepat mengeluarkan bunyi nada hidung, orang lain baru bisa mengerti apa yang kamu bicarakan. mengenai peraturan perubahan nada bunyi, adalah hal yang paling sulit untuk dimengerti dan dipelajari, tapi ada peraturan yang bisa dijadikan pedoman : nada bunyi dalam satu kaliamt semuanya berubah makin lama makin tinggi, ini adalah hal yang paling mudah dijadikan pedoman mengenai perubahan nada bunyi .

除了在雇主家多聽多說台語外，更要多聽本書的錄音光碟，有空就多學習，然後用筆記的方式，隨時記下來別人說過的台語句子單字。

Selain dirumah majikan banyak mendengar banyak bicara bahasa hokkian, harus lebih lagi banyak mendengar kaset rekaman dari buku ini, ada waktu harus banyak belajar, kemudian menggunakan sistem buku catatan, setiap saat mencatat kata-kata bahasa taiwan yang orang lain telah ucapkan .

若是有空閒能看看台語連續劇的話，也能順便學習的。

Jika ada waktu diijinkan untuk melihat drama seri film hokkian, juga bisa sambilan belajar .

最後一個重點，一定要勇敢的說出口，不要怕錯，也不要擔心別人聽不懂，只有講的越多，聽的越多，學習的越多，學習台語也是件很愉快的事情的。

Hal penting yang terakhir, harus dengan berani mengucapkannya keluar, jangan takut salah, juga jangan kuatir orang lain tidak mengerti, hanya dengan banyak bicara, banyak dengar, banyak belajar, belajar bahasa hokkian juga merupakan satu hal yang menggembirakan .

祝各位學習台語快樂又好玩，而且能工作愉快，平平安安在台灣生活。

Harap semuanya belajar bahasa hokkian merasa senang dan lucu selain itu bekerja bisa lebih gembira, hidup dengan sehat di Taiwan .

聘僱外勞幫傭須知

僱用外傭都是經由優良的仲介公司引進台灣，所以有關必要的文件與手續，負責任的仲介公司業務都會幫雇主處理完備，雇主只需要讓仲介公司清楚知道所需求的外傭條件為何即可，然後盡量與仲介公司合作愉快，外傭就能很快的來台灣為雇主服務的。

當外傭入境後，同樣有仲介公司會幫雇主處理大部分的事情，但還是有些重要的注意事項是雇主要特別留意的。

就業安定費

台灣雇主於外傭入境之次日起，到外傭出境的前一日，應繳交就業安定費到勞委會的專戶。勞委會職訓局於外傭入境後，每年的一月、四月、七月、十月，寄送就業安定費的繳款單。繳款後的收據要妥善保存、備用。

外傭若是連續三日曠職失去聯繫，或聘僱關係終止之情事，經雇主依法陳報而廢止聘僱許可後，雇主則可以不必再繳納此項安定費。

依就業服務法規定雇主若未依規定期限繳納就業安定費

，又於三十日寬限期滿後仍未繳納的話，會被罰繳滯納金。若是加徵滯納金後三十日，雇主仍未繳納，則雇主會被移送法院強制執行，並廢止聘僱許可。

此項繳款義務人為雇主，也不能藉口未收到繳款單而不繳，事關滯納金罰款或是廢止許可，所以要請雇主必須牢記要定期繳納。萬一有收不到繳款單的情況，雇主應到郵局自行劃撥繳款，並且詳細填妥計費期間，雇主身分證字號，勞委會核准函文號日期，繳款人代號於空白郵政劃撥單上，雇主可以先行將包括收款人寄款人等該填的資料抄寫下來，，也可以用上期繳款單收據來當參考。

全民健保費

雇主自外傭入境日開始，依規定要為其加保全民健康保險，直到到勞僱契約終止時。雇主應將雇主負擔的金額連同外傭應自行負擔的保險費，按照健保局每月所寄出的繳納單向金融機構繳納。

按期繳納健保費，可以使外傭無健康醫療的煩惱，能讓外傭全心全意的來做好工作。如未依規定繳納，也會有滯納金的產生。

健康檢查

雇主若未依規定安排外傭接受健康檢查，或未依規定將健康檢查結果函報給衛生主管機關，經衛生主管機關通知辦理仍未辦理的話，將會被立即廢止許可，並罰款。關於外傭的身體檢查，一般仲介公司都會幫忙雇主安排去醫院的，雇主只要事前與仲介公司的業務聯絡安排妥當，仲介也會幫忙後續的函報檢查結果給衛生機關的。

代扣所得稅

家庭類外勞（含家庭外籍監護工及外籍幫傭）之雇主，未經外勞同意，不得擅自代為扣取所得稅款。而按照稅法規定計算所得稅額，外傭的薪水最後也可能繳不到稅，但是還是請雇主按外勞來台工作切結書中所同意的代扣所得稅條目，就按照勞工薪資明細表上的所有稅金額，每月代扣所得稅，並存放於外傭的帳戶內，等到每年度應申報所得稅期間或是外傭離境的時候，當作申報繳稅的根據。

外傭薪資

外傭來台工作就會有張詳細的薪資表，列明了各種應付應收的款項，雇主最好按照此張薪資明細來發放薪水，並且可以利用此薪資明細表來提醒些應辦理事項，例如體檢，例如就業安定費，健保費等等。凡是外傭有拿到錢的數額，都要女傭親自簽名，以免日後產生糾紛。

地址變動

外傭的工作地點必須向勞委會及警察機關報備，雇主若是搬移住所，一定要提出經勞委會許可指派所聘僱外勞變更工作場所的核備許可。雇主也應該與仲介公司保持聯繫，遇到其他有聯絡電話，通訊地址的異動，就要主動通知代辦的仲介公司。

外傭的管理

各種國家的外傭來台工作，都會有不同的事情發生。請雇主儘量保持與仲介公司的聯繫，多參考仲介公司所提供的建議，也要善加利用仲介公司的翻譯等各項服務，這樣子勞雇雙方就能合作愉快，相處融洽的了。

第一章

- 問安
- 稱呼
- 數目・單位
- 日期・時間
- 比較
- 方向・動作

Chapter 

基本篇 基本用語 bahasa sehari-hari

My House Maid can speak Taiwanese

課程名稱

問安

Ucapan Salam

li¯ ho`	Chia`	Chia¯ meng_
你好	請	請問
你好	請	請問
Apa kabar	Silahkan	Numpang tanya

gau´ ca`	Ngo¯ an¯	Wan` an¯
螯早	午安	晚安
早安	午安	晚安
Selamat pagi	Selamat siang	Selamat malam

Chia¯ tan` cit e_	Chia¯ lip lai_	Chia¯ ce_
請等一乜。	請入來	請座
請等一下。	請進來	請坐
Tunggu sebentar	Silahkan masuk	Silahkan duduk

To¯ sia_	ben¯ khe` khi	Sit lei`
多謝	甭客氣	失禮
謝謝	不客氣	對不起
Terima kasih	Tidak perlu segan	Maaf

Chia¯ lim¯ teh
請lim 茶
請喝茶
Silahkan minum teh

Cin- ho` , to¯ sia_
真好，多謝
很好，謝謝。
Sangat baik , terima kasih

Chia¯ meng_ li¯ be¯ chue¯ sia¯ lang´ ?
請問你麥找啥人？
請問你要找誰？
Numpang tanya , anda cari siapa ?

Chia¯ meng_ , li¯ kui` si_ ?
請問你貴姓？
請問你貴姓？
Numpang tanya, marga anda apa ?

Chia¯ tan` cit e_
請等一乜。
請等一下。
Tunggu sebentar

課程名稱

稱呼

panggilan／sebutan

li`	gua`	i-
你	我	他
你	我	他
kamu	saya	dia

lin`	wun`	in-
恁	我們	他們
你們	我們	他們
kalian	kami	mereka

tau´ ge¯	tau´ ge¯ niu´	sio¯ cia`
頭家	頭家娘	小姐
先生	太太	小姐
tuan	nyonya	nona

pa_ pa-	ma_ ma-	a` kong-
爸爸	媽媽	阿公
爸爸	媽媽	阿公
ayah	ibu	kakek

a` ma`	ko_ ko-	a` ci`
阿嬷	哥哥	阿姊
祖母	哥哥	姐姐
nenek	abang	kakak

ti_ ti-	sio¯ mei`	lang- khe`
弟弟	小妹	人客
弟弟	妹妹	客人
adik laki-laki	adik perempuan	tamu

chia¯ meng_ li¯ kin- ni´ kui¯ hui_ a´ ？
請問你今年幾歲啊？
您高壽？
Kamu umur berapa ？

cu` li¯ sin- the` yong¯ kia_ !
祝你身體勇健！
祝您健康！
Semoga kamu sehat !

li¯ kin- ni´ wua¯ tua¯ a´ ？
妳今年外大啊？
妳今年多大了？
Tahun ini kamu umur berapa ？

gua¯ kin- ni´ sa- cap hui` .
我今年三十歲。
我今年三十歲。
Tahun ini saya umur 30 tahun

li¯ e_ gin¯ a` kin- ni´ kui¯ hui_ a´ ?
妳乜嬰仔今年幾歲啊？
你的孩子今年幾歲了？
Anak kamu umur berapa tahun ini ?

tua¯ han` e_ go_ hui` a´ .
大漢乜五歲啊。
老大五歲了
Sulung umur 5 tahun .

ti_ li_ e_ sa- hui` a´ .
第二乜三歲啊。
老二三歲了
Anak ke-2 umur 3 tahun .

li¯ pe_ mu` sin- the` ho` bo_ ?
妳父母身體好無？
妳父母身體好嗎？
Bagaimana kesehatan orang tua kamu ?

課程名稱

數目，單位

nomor,bagian

khong¯ 空 零 nol	cit （i_） 一 一 Satu	neng- (li_) 二 二 dua

sa¯ 三 三 tiga	si_ 四 四 empat	go- 五 五 lima

lak 六 六 enam	chit 七 七 tujuh	peh 八 八 delapan

kau` 九 九 sembilan	cap 十 十 sepuluh	pah 百 百 ratusan

課程名稱

日期，時間

tanggal,waktu

pai¯ i_ 拜一 星期一 senin	pai¯ li_ 拜二 星期二 selasa	pai¯ sa¯ 拜三 星期三 rabu
pai¯ si_ 拜四 星期四 kamis	pai¯ go- 拜五 星期五 jumat	pai¯ lak 拜六 星期六 sabtu
lei¯ pai` 禮拜 星期日 minggu	kin¯ a¯ jit 今仔日 今天 hari ini	bin¯ a¯ cai` 明仔載 明天 besok
au¯ jit 後日 後天 lusa	ca´ heng´ 昨昏 昨天 kemarin	co¯ lit 昨日 前天 kemarin lusa

cai¯ khi`	tiong- tau`	e_ tau`
早起	中晝	下晝
早上	中午	下午
pagi	siang	sore

am` si´	tiam¯ cing-	si_ cing-
暗時	點鐘	時鐘
晚上	小時	時鐘
malam	satuan jam	jam

chiu¯ pio`	tiam`	hun¯
手錶	點	分
手錶	點	分
jam tangan	jam	menit

Kin¯ a¯ jit pai¯ kui` ?
今仔日拜幾？
今天是星期幾？
Hari ini adalah hari apa ?

Cit ma` si_ kui¯ tiam` ?
這ma`是幾點？
現在是幾點鐘？
Sekarang adalah jam berapa ?

Kui¯ tiam¯ cing- ku` ?
幾點鐘久 ?
幾個小時 ?
Berapa jam ?

Kui¯ hun- cing- ?
幾分鐘 ?
幾分鐘 ?
Berapa menit ?

si- cun-
時陣
時候
saat / waktu

tang_ si´/sia¯ mi¯ si- cun- ?
當時/什麼時陣 ?
什麼時候 ?
kapan ?

cit kho` ge- si_ kui¯ ge- ?
這各月是幾月 ?
這個月是幾月 ?
Bulan ini bulan berapa ?

Kin¯ a¯ jit si_ kui¯ ho_ ?
今仔日是幾號？
今天是幾號？
Hari ini tanggal berapa ?

Kin¯ a¯ jit si_ peh ho_ ?
今仔日是八號。
今天是八號。
Hari ini tanggal delapan.

ca´ heng´ si_ pai¯ kui` ?
昨昏是拜幾？
昨天是星期幾？
Kemarin hari apa ?

ca´ heng´ si_ pai¯ sa¯.
昨昏是拜三。
昨天是星期三。
Kemarin hari rabu .

Cit ma` si_ kui¯ tiam` kui¯ hun¯ a´ ?
這ma`是幾點幾分啊？
現在是幾點幾分了？
Sekarang jam berapa ?

課程名稱

比 較

membandingkan

u_ bo_?	si_ em_ si- ?	be` bo_ ?
有沒？	是m是？	要否？
有沒有？	是不是？	要不要？
ada tidak ?	ya tidak ?	mau tidak ?

ho` bo_ ?	e_ hiau` bo_ ?	thia¯ u_ bo_ ?
好否？	會曉沒？	聽有沒？
好不好？	會不會？	聽懂不懂？
baik tidak ?	bisa tidak ?	mengerti tidak ?

cai¯ bo_ ?	u_ ka` i_ bo_ ?	e_ be_ ?
知沒？	有甲意沒？	會沒？
知不知道？	喜不喜歡？	能不能？
tahu tidak ?	suka tidak ?	sanggup tidak ?

u_ kau_ bo_ ?	u_ bun´ te´ bo_ ?	wui´ sia¯ mi_ ?
有夠沒？	有問題沒？	為啥物？
夠不夠？	有問題嗎？	為什麼？
cukup tidak ?	apakah ada pertanyaan ?	mengapa ?

課程名稱

方向，動作

arah, gerakan

to¯ wui´ ?	to¯ cit le´ ?	e_ ki_ e_
叼位？	叼一咧？	會記得
哪裡？	哪一個？	記得
mana ?	yang mana ?	ingat

cia_	lim¯	cu`
喫	lim	煮
吃	喝	煮
makan	minum	masak

the-	kheng_	chit
拿	放	拭
拿	放	擦
ambil	taruh	lap

lu`	sue`	cheng
攄	洗	穿
刷	洗	穿
sikat	cuci	pakai

theng_	wua-	khua-
褪	換	看
脫	換	看
lepas	ganti	lihat

thia¯	sak	siong´ sim-
聽	煞	傷心
聽	推	傷心
dengar	dorong	sedih

giu`	khui¯	kuai¯
拉	開	關
拉	開	關
tarik	buka	tutup

to_	sue¯ sin¯ khu¯	khun_
倒	洗身驅	睏
倒	洗澡	睡覺
tuang	mandi	tidur

phak	ut	cih
曝	熨	摺
晒	熨	摺
jemur	menyetrika	lipat

lip lai`	chut khi`	kung¯ khi¯ lai`
入來	出去	扛起來
進來	出去	抬起來
masuk	keluar	angkat

pang_ lo_ lai`	siu¯ khi¯ lai`	pau¯ khi¯ lai`
放落來	收起來	包起來
放下來	收起來	包起來
taruh	simpan	bungkus

mi- kia-	ce_ tien_ thui¯	pe¯ lau¯ thui¯
物件	座電梯	爬樓梯
東西	坐電梯	爬樓梯
barang	naik lift	jalan naik tangga

sau` tho-? kha¯	lu` tho-? kha¯	chit to-? a`
掃土腳	攄土腳	拭桌仔
掃地	拖地板	擦桌子
menyapu	pel lantai	lap meja

cing¯ li-? pang- king¯	siu¯ ching- khi`	su¯ liam-?
整理房間	收清氣	思念
整理房間	收拾乾淨	想念
bereskan kamar tidur	bereskan / rapihkan	kangen

第二章

- 愛心耐心的態度
- 印尼女傭工作須知
- 照顧阿公阿嬤
- 病床照料病人
- 清洗晾晒衣物
- 整理掃除房間
- 洗菜煮菜飲食
- 小孩
- 嬰兒
- 客廳
- 應門
- 睡房
- 招呼客人
- 外出
- 休假
- 打電話
- 寄信

Chapter 2

應用篇 常用例句

contoh percakapan yang sering digunakan

My House Maid can speak Taiwanese

課程名稱

愛心耐心的態度

sikap yang penuh kasih dan sabar

ciau` ko` peh lang´ i` ting` ai` u_ nai_ sim- ga- ai` sim- .
照顧病人一定愛有耐心甲愛心。
照顧病人一定要有耐心和愛心。
Menjaga orang sakit harus ada kesabaran dan kasih sayang .

ce` si_ li¯ e_ kun` pang´ , li¯ e_ sai¯ sin- hio` khun_ , bin´ a` cai` ciah khai- si¯ co` thau¯ lo_ .
這是妳乜睏房，妳會使先休睏，明仔早才開始作頭路。
這是妳的睡房，妳可以先休息，明天才開始工作。
Ini kamar tidur kamu , kamu boleh istirahat dulu , besok baru mulai kerja .

li¯ u_ sia¯ mi- bun´ te´ lung¯ e_ sai¯ meng_ , ben¯ ke` khi` .
妳有啥咪問題攏會使問，免客氣。
妳有什麼問題都可以問，不要客氣。
Kamu boleh bertanya , jangan sungkan .

li¯ kio` sia¯ mi- mia´ ?
妳叫啥咪名？
妳叫什麼名字 ？
Nama kamu siapa ?

Li¯ e_ hiau´ co` sia¯ mi- ?
俚乜曉作啥咪？
妳會做什麼？
Kamu bisa kerja apa ?

Li¯ e_ hing` chu_ si_ sia¯ mi- ?
俚乜興趣是啥咪？
妳的興趣是什麼？
Apa hobby kamu ?

Gua¯ e_ hing` chu_ si_ cu¯ chai_ .
我乜興趣是煮菜。
我的興趣是煮菜。
Hobby saya adalah memasak .

Li¯ e_ hiau´ kong¯ tai´ gi` bo_ ?
俚乜曉講台語無？
妳會講台語嗎？
Apakah kamu bisa berbahasa hok-kian ?

Gua¯ e_ hiau´ kong¯ cit kua´ a- tai´ gi` .
我乜曉講一寡仔台語。
我會講一些台語。
Saya bisa berbahasa hok-kian sedikit .

Wui´ sia¯ mi- li¯ be¯ lai´ tai´ wan´ cia_ thau¯ lo- ?
為什麼妳欲來台灣喫頭路？
為何妳要來台灣工作？
Mengapa kamu mau kerja di Taiwan ?

Ying- wui´ gua¯ be¯ than` ci´ .
因為我欲趁錢。
因為我要賺錢。
Karena saya mau cari uang .

Wui_ tio_ gua¯ e_ gin¯ na` .
為著我乜嬰仔。
為了我的孩子。
Demi anak saya .

Li¯ kam¯ e_ siun_ chu_ ?
俚敢乜想厝？
妳會想家嗎？
Apakah kamu bisa kangen rumah ?

Li¯ na_ siun_ chu_ , li¯ be¯ an¯ chua` ?
俚吶想厝，俚欲按怎？
如果妳想家，妳要怎麼辦？
Kalau kamu kangen rumah , bagaimana ?

Gua¯ e_ sia¯ phue¯ teng` khi¯ in` ni´ .
我乜寫批轉去印尼。
我會寫信回印尼。
Saya bisa tulis surat ke Indonesia .

Li¯ phua` peh a` , ai` cia_ yoh a` ga- ge- hio` khun_ .
妳破病啊，愛喫藥啊甲加休睏。
妳生病了，要吃藥和多休息。
Kamu sakit , harus minum obat dan banyak istirahat .

U_ sia¯ mi- bun´ te´ , ai` sui´ si´ ka_ gua¯ thong- ti¯ .
有啥咪問題，愛隨時甲我通知。
有什麼問題，要馬上通知我。
Ada masalah , harus segera beritahu saya .

co` cu` si_ li¯ tiam` tai´ wan´ thong_ tiong_ yau` e_ chin- lang´ , i` ting` ai` kah in¯ ho_ ho- a_ cue` phua´ .
雇主是妳墊台灣統重要的親人，一定愛甲卡因好好啊作伴。
雇主是妳在台灣最重要的親人，一定要和他們好好相處。
Majikan adalah kerabat yang paling penting saat kamu berada di taiwan, harus membina hubungan yang baik dengan mereka。

em_ thang¯ ci` thia- sin` e_ hiau´ kong¯ in` ni´ wue´ e_ wa` khau¯ lang´ , hap huat hap li` e_ tiam` cai` tai´ wan ´ cia_ thau¯ lo- thong_ an´ sim- .
不通只聽信會曉講印尼話乜外靠人，合法合理乜墊在台灣喫頭路統安心。
別只聽信會講印尼話的外人，合法合理在台灣工作最安心。
Jangan percaya pada orang luar yang bisa bicara bahasa Indonesia, yang paling tenang bekerja di Taiwan adalah masuk akal dan sah secara hukum .

tiam` tai´ wan´ mai` luan_ khai¯ siau¯ , co` wan´ kang¯ cu` ni´ han` , than` ci´ teng` khi_ siong_ tiong_ yau` .
墊台灣麥亂開銷，做完工作年限，賺錢回去尚重要。
在台灣不用花費多，做完工作契約年限，賺夠錢回家鄉最重要。
Di Taiwan tidak usah menghabiskan banyak uang , setelah habis masa kontrak kerja, kumpulin uang yang banyak bawa pulang kerumah adalah hal yang paling penting。

siun_ chu_ e_ si´ cun´ , sia¯ phe- teng` khi_ chu_ siong_ u_ hau- , chu` lai_ lai´ phe- siong_ kho¯ kui_ .
想厝乜時準，寫批轉去厝尚有效，厝內來批尚可貴。
想家時候，寫信回家最有效，家中來信最可貴。
Saat rindu atau kangen rumah, yang paling manjur yaitu tulis surat kerumah, menerima balasan dari keluarga adalah hal yang paling berharga。

hua´ hi` , lok kuan¯ e_ kang- co` thai_ to- , e_ sai_ ho_ li¯ uan´ seng´ so¯ yu` e_ kang- co` lin_ mu` .
歡喜，樂觀乜工作態度，會使乎妳完成所有的工作任務。
高興，樂觀的工作態度，可以讓妳完成所有的工作任務。
Senang, sikap kerja yang optimis, bisa membuat kamu menyelesaikan semua pekerjaan yang ada。

課程名稱

印尼女傭工作須知

hal-hal yang harus diperhatikan dalam bekerja

be_ sai¯ chin` chai` te´ pat lang´ e_ mi- kia- .
不使趁菜提別人乜咪件。
不可以隨便拿別人的東西。
Tidak boleh sembarangan ambil barang orang lain .

co` cit le_ lu¯ yong¯ , co` thau¯ lo- ai` cu¯ tong- , lin¯ nai- , pha` pia_ , lau- sih , thia- ko` cu` e_ wue- , ma` ai` u_ le¯ mau` .
做一咧女佣，做頭路愛主動，忍耐，打拼，老實，聽雇主乜話，麥愛有禮貌。
當一個女傭，工作要主動，忍耐，勤勞，老實，聽雇主的話，也要有禮貌。
Sebagai seorang PRT , kerja harus inisiatif , sabar , rajin , jujur menurut apa kata majikan juga harus sopan .

lu¯ yong¯ be¯ sai¯ o¯ beh chin` chai` chuh khi` , ya` be´ sai¯ chin` chai` chua_ pin¯ yu` lai´ ko` cu` e_ chu_ .
女佣不使黑白趁菜出去，也不使趁菜娶朋友來雇主乜厝。
女傭不可以隨便出去，也不可以隨便帶朋友到雇主家。
PRT tidak boleh sembarangan pergi , juga tidak boleh sembarangan bawa teman ke rumah majikan .

na` si_ siung_ chu_ , li¯ e_ sai¯ sia¯ phe- teng` khi_ chu_ , be´ sai¯ chin` chai` yong_ ko` cu` e_ tien_ wue_ .
若是想厝，妳會使寫批轉去厝，不使趁菜用雇主乜電話。
如果想家，妳可以寫信回家，不可以隨便用雇主的電話。
Kalau kangen rumah , kamu boleh tulis surat ke rumah , tidak boleh sembarangan menggunakan telepon majikan .

ai` e_ ki` le` o_ , be´ sai¯ luan_ tam` bun` so_ .
愛乜記咧喔，不使亂丟糞掃。
記得，不可以亂丟垃圾。
Ingat , tidak boleh sembarangan buang sampah .

ai` yong¯ sim´ ho¯ sih khuan` , co` lin´ ho´ kang- khue` , i` ting` ai` sin¯ sue¯ chiu` .
愛養成好習慣，做任何空缺，一定愛先洗手。
養成好習慣，做什麼工作，一定要先洗手。
Memelihara kebiasaan yang baik , melakukan pekerjaan apa pun harus cuci tangan terlebih dahulu .

khu¯ khu` sau` ai` yong_ chiu` in¯ khi¯ lai_ , be´ sai¯ tue` lang´ sau` .
區區嗽愛用手掩起來，不使對人嗽。
咳嗽要用手遮，不可以對人咳。
Batuk harus ditutup dengan tangan , tidak boleh menghadap orang batuk .

ping- siong´ si´ ai` u_ chio` yong´ , u_ in´ bo_ in´ ge- oh cit kua´ a` tai´ gi` .
平常時愛有笑容，有閒沒閒多學一括啊台語。
要常帶著微笑，平常多學説台語。
Harus sering tersenyum , sering-sering belajar berbahasa taiwan .

u_ be´ hiau´ e_ , ai` cu¯ thong- meng_ ho´ ching- cho` .
有不曉乜，愛主動問乎清楚。
有不懂的，要主動問清楚。
Ada yang tidak dimengerti , harus inisiatif tanya dengan jelas .

peng_ au` ai` sue¯ chui_ , be_ khun` chin` ceng´ ai` e_ ki_ le` lu` chui¯ khi` .
飯後愛洗嘴，麥睏陣前愛乜記咧攄嘴齒。
飯後記得漱口，睡覺前記得刷牙。
Setelah makan ingat kumur , sebelum tidur ingat sikat gigi .

kue` chia- lo- , i` ting` ai` gia´ pan- ma- sien` , ya` ai` cu¯ i` chen¯ ang´ tin¯ .
過車路，一定愛行斑馬線，抑愛注意青紅燈。
過馬路一定要走斑馬線，也要注意紅綠燈。
Menyeberang jalan harus di zebra cross juga harus perhatikan lampu lalu lintas .

bue¯ mi- kia- ai` e_ ki` le` ca_ ci´ , the_ huah phio` to` teng` lai_ .
買咪件愛乜記咧找錢，提發票倒轉來。
買東西記得找錢，拿發票回來。
Beli barang ingat uang kembalian dan bonnya bawa pulang .

u_ sia¯ mi- bun´ te´ ai` sui´ si´ ta_ ko` cu` thong- ti- .
有啥咪問題愛隨時搭雇主通知。
有什麼問題要馬上通知雇主。
Ada masalah apa harus segera beritahu majikan .

be´ sai¯ oh peh te_ ko` cu` e_ mi- kia- .
不使黑白提雇主乜咪件。
不可以隨便拿雇主的東西。
Tidak boleh sembarangan ambil barang majikan .

ko` cu` e_ tien_ wue_ ho¯ be` , be´ sai¯ chin` chai` ta_ pah lang´ kong` .
雇主乜電話號碼，不使趁菜搭別人講。
雇主的電話號碼，不可以隨便告訴別人。
Nomor telepon majikan tidak boleh sembarangan beritahu ke orang lain .

lip khi` ko` cu` e_ phang_ kin- ceng´ ai` sin- long` meng_ .
入去雇主乜房間前愛先弄門。
進入雇主的房間要敲門。
Masuk kamar majikan harus ketuk pintu .

co` cu` kau- tai` e_ tai_ ci_ be´ sai¯ be´ ki` le` .
雇主交代乜代誌不使不記咧。
雇主交代的事不可以忘記。
Pesan majikan tidak boleh dilupakan .

tong- chok ai` kin` .
動作愛緊。
動作要快。
Kerja harus cepat .

tien_ khi` yong¯ phin` be´ hiau´ su¯ yong_ ai` ta_ ko` cu` meng¯ .
電氣用品不曉使用愛搭雇主問。
電器用品不會使用要問雇主。
Peralatan elektronik tidak bisa pakai , harus tanya majikan .

thai¯ thai` , gua¯ siung_ be` cai¯ ya` gua¯ e_ kang- co` huan¯ wui´ , ho´ bo_ ?
太太，我想馬知影我乜工作範圍，好無？
太太，我想知道我的工作範圍，好嗎 ？
Nyonya , bolehkah saya tahu pekerjaan saya ?

ho` , ce` si_ li¯ e_ kong- co` pio` .
好，這是妳乜工作表。
好，這是妳的工作表。
Boleh , Ini jadwal kerja kamu .

thai¯ thai` , gua¯ siong_ me` cai¯ ya` gua¯ e_ ca¯ teng` , e_ tau` teng` , am` teng` e_ si´ kan- , ho` bo_ ?
太太，我想麥知影我乜早頓，乜晝頓，晚頓乜時間，好無？
太太，我想知道我的早飯，午飯，晚飯時間，可以嗎？
Nyonya , bolehkah saya tahu waktu makan pagi , makan siang , dan makan malam ?

ca¯ teng` si´ kan- si_ chit tiam` pua` , e_ tau` teng` si_ tiong-tau` cap li_ tiam` , am` teng` si_ am` si´ lak tiam` .
早頓時間是七點半，乜晝頓是中晝十二點，晚頓是暗時六點。
早飯時間是七點半，午飯是中午十二點，晚飯是晚上六點。
Waktu makan pagi jam tujuh lewat tiga puluh menit, makan siang jam duabelas dan makan malam jam enam sore.

khi¯ cheng- e_ si´ kan- e_ ?
起床乜時間乜？
起床時間呢？
Jam berapa bangun pagi ?

cai_ khi` go- tiam` khi¯ cheng- .
齋起五點起床。
早上五點起床。
Pagi jam lima bangun .

u_ khun` tiong- tau` bo_ ?
有睏中晝沒？
有午休嗎？
Apakah ada istirahat siang ?

u_ , e_ tau` cit tiam` kau` neng¯ tiam` .
有，乜晝一點到二點。
有，下午一點到兩點
Ada , jam satu sampai jam dua siang.

thai¯ thai` , gua¯ siong_ me`
cai¯ ya` gua¯ e_ ca¯ teng`
太太，我想麥知影我乜早頓

課程名稱

照顧阿公阿嬤

menjaga kakek nenek

Thi¯ khi` pien` khah ling` e_ si´ cun´ , ai` ge¯ cheng- cit nia¯ sa¯ .
天氣變卡冷乜時準，愛多穿一領衫。
天氣轉涼的時候，要多加穿一件衣服。
Udara berubah dingin harus tambah selapis baju lagi .

Thi¯ khi` cin´ kua´ , kia¯ jit kah a` kong- chit sin¯ ku¯ to_ e_ sai` a` .
天氣真寒，今日甲阿公拭身軀就會使啊。
天氣很冷，今天給阿公擦澡就可以了。
Udara sangat dingin , badan kakek cukup dilap saja .

Ai` e_ ki` le` kah a` kong- cheng¯ khah sio¯ cit le` .
愛會記咧甲阿公穿卡燒一咧。
要記得給阿公穿暖活一點。
Perhatikan jangan sampai kakek kedinginan .

Ai` cu¯ i` a` kong- u_ pang` sai` bo_ ? si_ em_ si- u_ pi` kiet ?
愛注意阿公有放屎無？是免是有祕結？
要注意阿公有沒有大便？是不是便秘了？
Perhatikan apa kakek sudah buang air besar , apa tidak dapat buang air besar .

Tat kang- cai¯ khi` ai` ta_ a` kong- niu´ hui` yak .
逐工早起愛搭阿公量血壓。
每天早上要幫阿公量血壓。
Tiap pagi harus bantu kakek mengukur tensi darah .

Ai` ciau` si´ kan- ho´ a` kong- cia_ peng` kah cia_ yok a` .
愛照時間乎阿公喫飯甲喫藥仔。
要按時給阿公吃飯和吃藥。
Harus tepat waktu kasih kakek makan dan minum obat .

Kong¯ wue- ai` khah tua´ sia¯ cit le` , a` kong- chau` hi´ nang´ .
講話愛卡大聲一咧，阿公臭耳聾。
講話要大聲一點，阿公聽不到。
Bicara agak keras sedikit , kakek sudah tuli .

E_ tau` chua- a` kong- khi` kong- heng´ san` po- .
下晝攜阿公去公園散步。
下午帶阿公去公園散步。
Sore hari bawa kakek ke taman jalan-jalan .

Cu¯ mi- kia- be´ sai¯ cu¯ siun- tin¯ , chi´ i´ cia_ peng` , kah i´ khi` pien_ so` .
煮咪件不使煮傷硬，飼伊喫飯，甲伊去便所。
煮東西不可以煮太硬，餵他吃飯，跟他去廁所。
Makanan masaknya jangan terlalu keras , suapin dia makan , memapah dia ke toilet .

A` kong- phi´ khi` bo´ ho` , li¯ ai` lin¯ nai- .
阿公脾氣沒好，妳愛忍耐。
阿公脾氣不好，妳要忍耐。
Kakek sifatnya tidak baik , kamu harus sabar .

A` ma` sin- the` bo´ ho` , li¯ ai` sio¯ sim- kah i´ ciau` ko_ .
阿嬤身體不好，妳愛小心甲伊照顧。
阿嬤身體不好，妳要小心照顧她。
Nenek kesehatannya tidak baik , kamu harus hati-hati merawatnya .

Kin¯ na` jit tiong- tau` teng` cu` sia¯ mi- ?
今仔日中晝頓煮啥咪？
今天午飯煮什麼菜？
Hari ini makan siang masak sayur apa ?

Kin¯ na` ji tiong- tau` teng` u_ cien- hi´ , cha¯ chen- chai` , koh ka- cit e_ theng- .
今仔日中晝頓有煎魚，炒青菜，擱加一乜湯。
今天午飯有煎魚，炒青菜，再加一道湯。
Hari ini ada ikan goreng , sayur , ditambah 1 sop.

Tiong- tau` ga- a` u_ a` kong- , a` ma` ga- li¯ ti_ e_ chu_ e_ cia_ .
中晝僅仔有阿公，阿嬤甲妳佇乜厝乜喫。
中午只有阿公，阿嬤跟妳在家裡吃。
Siang hari hanya ada kakek , nenek dan kamu yang dirumah makan siang .

Tiong- tau` teng` cia_ pa` , che- cui¯ ko` ho´ a` kong- , a` ma` cia_ .
中晝頓喫飽，切水果乎阿公，阿嬤喫。
吃完午飯，切水果給阿公，阿嬤吃。
Selesai makan, potong buah-buahan buat kakek , nenek.

A` ma` min´ a` cai¯ khi` be¯ cia_ moi´ ga- sio¯ chai_ .
阿嬤明仔齋起要喫糜甲小菜。
阿嬤明天早上要吃稀飯和小菜。
Nenek besok pagi mau makan bubur dan sayur sederhana .

A` kong- e_ sin- the` bo´ ho` , ai` sio¯ sim- ciau` ko` yi´ .
阿公乜身體不好，愛小心照顧伊。
阿公的身體不好，要小心照顧他。
Badannya kakek tidak baik, harus hati-hati menjaganya.

Min´ a` e_ po- , gua¯ be¯ pue´ a` kong- ki` kong- heng´ san` po- .
明阿乜哺，我要陪阿公去公園散步。
明天下午我要陪阿公到公園散步。
Besok sore saya mau menemani kakek ke taman jalan-jalan .

Ge- pue´ lau- lang´ khai- kang` , lau- lang´ e_ chia_ hua´ hi` .
多陪老人開講，老人會正歡喜。
多陪老人家聊天，老人家會很高興。
Banyak menemani orang tua ngobrol , orang tua bisa sangat senang .

Ta- a` kong- the_ kuai´ a` .
搭阿公提拐仔。
幫阿公拿拐杖。
Bantu kakek ambil tongkat .

E_ po- ho_ a` kong- khun` tiong- tau` .
乜哺乎阿公睏中晝。
下午給阿公睡午覺。
Sore hari mau kasih kakek tidur siang .

Tau´ ge¯ niu´ , a` kong- e_ bin` kin- phua_ a_ , ya` u_ sin- e_ bo_ ?
頭家娘，阿公乜面巾破啊，抑有新乜無？
太太，阿公的毛巾破了，還有新的嗎？
Nyonya , handuk kakek sudah sobek , apakah masih ada yang baru ?

A` ma` , li¯ thiam` be´ thiam` , hio` khun_ cit le_ ho` bo_ ?
阿嬤，妳添沒添，休睏一咧好無？
阿嬤，妳累不累，休息一下好不好？
Nenek , anda lelah tidak , istirahat sebentar bagaimana ?

A` ma` khi¯ cheng´ liau¯ au` , ai` ta- yi´ lua_ thau- cang- .
阿嬤起床了後，愛搭伊攄頭鬃。
阿嬤起床後要幫她梳頭。
Setelah nenek bangun tidur , harus bantu dia sisir rambut .

Gua¯ e_ pang_ king- ti_ le` sa- lau´ , a` ma` e_ pang_ king- ti_ le` li_ lau´ .
我乜房間佇咧三樓，阿嬤乜房間佇咧二樓。
我的房間在三樓，阿嬤的房間在二樓。
Kamar saya di lantai 3 , kamar nenek di lantai 2 .

Gua¯ cin- hua´ hi` , a` kong- e_ sai¯ kia´ khi` lai_ ..
我真歡喜，阿公會使騎起來。
我很高興，阿公能夠站起來。
Saya sangat senang , kakek bisa berdiri .

A` ma` be¯ cia_ peng` , ta- cim´ thau´ pang` ho_ khan- cit le_ , cheng´ yu´ ho_ khan- cit le_ .
阿嬤要喫飯，搭枕頭放乎高一咧，床搖乎高一咧。
阿嬤要吃飯，把枕頭放高一點，床搖高一點。
Nenek mau makan nasi , bantal taruh tinggi sedikit , ranjang ditinggikan sedikit .

A` ma` si_ em_ si- sin- the` be´ song´ khuai_ ?
阿嬤是不是身體沒爽快？
阿嬤是不是身體不舒服？
Apakah nenek tidak enak badan ?

A` ma` to- wui´ thia_ si_ em_ si- thau¯ khak thia_ ?
阿嬤叨位疼，是不是頭殼疼？
阿嬤哪裡痛？是不是頭痛？
Nenek , mana yang sakit ? apakah sakit kepala ?

Gua¯ e_ hiau´ ciau` ko` lau¯ lang´ , pe_ lang´ , ga_ gin¯ na` .
我會曉照顧老人，病人，擱嬰仔。
我會照顧老人，病人，及小孩。
Saya bisa menjaga orang tua , orang sakit dan anak kecil .

A` ma` gua¯ ta- li¯ lia´ ling´ ho` bo_ ?
阿嬤我搭妳抓龍好無？
阿嬤我幫妳按摩好不好？
Nenek saya bantu anda pijat bagaimana ?

Ta- lung´ yi` sah kue` lai_ ho_ a` kong- ce_ .
搭輪椅沙過來乎阿公坐。
把輪椅推過來給阿公坐。
Kursi roda didorong ke sini kasih kakek duduk .

A` kong- cai¯ khi` cia_ moi´ phe` sio¯ chai_ ga- phi´ tan` .
阿公早起喫糜配小菜甲皮蛋。
阿公早上吃稀飯配小菜和皮蛋。
Pagi hari kakek makan bubur dengan sayur sederhana dan phi tan .

Chua_ a` ma` khi¯ pang_ king- hio` khun_ cit le_ .
娶阿嬤去房間休睏一咧。
帶阿嬤去房間休息一下。
Bawa nenek ke kamar istirahat sebentar .

A` ma` be´ kuan` sip cia_ seng- hiam¯ e_ mi- kia- .
阿嬤沒慣習喫酸蔹乜咪件。
阿嬤不習慣吃酸辣的東西。
Nenek tidak terbiasa makan makanan yang asam pedas .

Thau´ ge¯ cin- tan- sim- , ing¯ wui_ a` ma` phua` bi- .
頭家真擔心，因為阿嬤破病。
先生很擔心因為阿嬤生病。
Tuan sangat kuatir karena nenek sakit .

A` kong- kong¯ sia¯ mi- ? li¯ thia- u_ bo_ ?
阿公講啥咪？妳聽有無？
阿公說什麼？妳聽的懂嗎？
Kakek bicara apa ? apakah kamu mengerti ?

Cin_ liong` em_ thang- ho_ yi´ tan- toh cit le_ lang´ .
盡量em統乎伊單獨一咧人。
盡量不要讓他單獨一個人。
Sebisa mungkin jangan sampai dia sendirian .

The_ chen¯ yi´ ca¯ am` ai` ge- cheng´ cit lia_ a` .
提醒伊早晚愛多穿一領啊。
提醒他早晚要添加衣物。
Ingatkan dia pagi , malam harus pakai baju lebih .

An_ ne` khui` wua_ bo_?
按乃快活無？
這樣舒不舒服？
Begini enak tidak?

Be` khua` tien_ si_ bo_ ?
麥看電視無？
要不要看電視？
Apakah mau nonton TV?

ta- cim´ thau´ pang` ho_ khan- cit le_ .
搭枕頭放乎高一咧。
枕頭放高一點
Taruh tinggi sedikit bantal itu

ta- cim´ thau´ pang` ho_ ge- cit le_
搭枕頭放乎低一咧。
枕頭放低一點
Taruh rendah sedikit bantal itu

Be` lo` cheng´ kia- kia´ e_ bo_ ?
麥落床行行乜無？
要不要下床走走？
Apakah mau turun dari ranjang untuk jalan-jalan?

E_ ling` bo_ ?
會冷無？
會冷嗎？
Apakah dingin?

E_ lua` bo_ ?
會熱無？
會熱嗎？
Apakah panas?

Gua¯ kam¯ kak u_ tan_ po´ a_ ling` , ta- gua¯ the_ phe¯ lai´ .
我感覺有淡薄啊冷，搭我提披來。
我覺得有點冷，幫我拿被子來。
Saya merasa dingin , tolong ambilkan selimut

Pe´ yi´ khi` wua_ khau` san` po- .
陪伊去外靠散步。
陪他去外面散步。
Temani dia keluar jalan-jalan

Si´ mu_ em_ thang¯ siun- tin¯ .
食物em 統傷硬。
食物不要太硬。
Makanan jangan terlalu keras

Thai¯ thai` , lau` thai¯ thai` cue` kin- cia_ cin¯ cio` .
太太，老太太最近喫真少。
太太，老太太最近吃的很少。
Nyonya , belakangan ini nenek makannya sedikit

Wui_ sia¯ mi- ? phua` bi- a` si_ em_ si- ?
為啥咪？破病啊是em 是？
為什麼？生病了嗎？
Mengapa? apakah sakit?

Bo´ phua` bi_ , tan` si_ yi¯ sim- cim´ cin- bai` .
沒破病，但是伊心情真壞。
沒有，可是她心情很不好。
Tidak, mungkin lagi tidak enak hati

Ho` , chia¯ li¯ si´ siong´ pe´ yi¯ khi` san` po- .
好，請妳時常陪伊去散步。
好，請妳常陪她去散步。
Baik, sering-sering temani dia pergi jalan-jalan

A` kong- , kin¯ a` jit ho¯ thi- , gua¯ pe´ li¯ khi` kong-heng´ .
阿公，今啊日好天，我陪你去公園。
阿公，今天天晴我陪您去公園。
Kakek, hari ini cuaca baik saya temani kamu pergi ke taman

Ho` , ta- gua¯ wua_ sa¯ .
好，搭我換衫。
好，給我換衣服。
Baik , saya ganti pakaian dulu

Si_ , a` kong- li¯ be` tua` khong` cuan´ cui` ya` si_ ko¯ ciap ?
是，阿公你要帶礦泉水抑是果汁？
是，阿公我給您帶礦泉水還是果汁？
Baik, kakek mau bawa air putih atau jus?

Ca` cit si_ a` cui¯ ko` .
帶一細啊水果。
帶一點水果。
Bawa buah sedikit.

A` kong- e_ sin- the` cin¯ hi´ lioh , li¯ ai` phu´ yi¯ jun_ cheng´ lo_ cheng´ .
阿公乜身體真虛弱，妳愛浮伊就床落床。
阿公身體很弱，妳要扶他上下床。
Badan kakek lemah , saya bantu untuk turun dari ranjang.

Tiong- tau` siung_ be¯ cia_ sia¯ mi- ?
中晝想要喫啥咪？
中午想吃什麼東西？
Siang nanti mau makan apa?

Li¯ ta- gua¯ cu¯ cit tiam` a` moi´ .
妳搭我煮一點啊糜。
妳幫我煮一點稀飯。
Tolong bantu saya masak bubur.

Li¯ kah gua¯ the_ cit phi` si- kue¯ lai´ .
妳甲我提一片西瓜來。
妳給我拿一片西瓜來。
Tolong saya ambilkan sepotong semangka.

A` kong- ai` ge¯ cia_ cit kua_ a` sin- the` ciah e_ ho` .
阿公愛多喫一刮啊身體才會好。
阿公要多吃一點身體才會好。
Kakek makan banyak sedikit agar badan sehat

Si¯ ti` , pe´ gua¯ chu` khi` bue´ kua´ mi- kia- .
西蒂，陪我出去買刮咪件。
西蒂，陪我上街買點東西。
Siti , temani saya beli barang-barang.

Gua¯ thiam` a` , ta- gua¯ lia´ ling´ cit le_ .
我添啊，搭我抓龍一咧。
我累了，幫我按摩一下。
Saya cape, tolong saya pijat sebentar.

Gua¯ yau¯ a_ , khi` ta- gua¯ the_ gu´ lin´ lai_ .
我餓啊，去搭我提牛lin 來。
我餓了，去幫我拿牛奶來。
Saya lapar, tolong saya ambilkan susu kemari

Gua¯ kam´ kah cin- juah , khi` ta- gua¯ khui- ling¯ khi` .
我感覺真熱，去搭我開冷氣。
我覺得很熱，去幫我開空調。
Saya merasa panas sekali, tolong saya buka AC

Thi¯ khi` cin- ling` , khi` ta- gua¯ the_ phong` se¯ sa¯ lai´ .
天氣真冷，去搭我提膨紗衫來。
天氣太冷，去幫我拿毛衣來。
Cuaca sangat dingin,tolong ambilkan saya mantel

課程名稱

病床照料病人

menjaga orang sakit

tio` tua_ tang- ai` cu` yi_ , e_ ki` le_ kah- a` kong-phak ka- cia` phia´ .
吊大筒愛注意，會記咧甲阿公打尻脊胼。
打針時候要注意點滴，要記得幫阿公拍背。
Waktu infus harus perhatikan tetesan infusnya, harus ingat tepuk tepuk punggungnya .

A` ma` pang` lio_ ho` a´ , ai` yong_ we´ sing- cua` kah i´ chit cit le_ .
阿嬤放尿好阿，愛用衛生紙甲伊拭一咧。
阿嬤小便後，要用衛生紙幫她擦一下。
Sesudah nenek buang air, membantu nenek ngelap harus menggunakan tissue .

Pe_ lang´ ti_ le` hio` khun_ si´ cun´ , li¯ be_ li_ khui¯ pe_ lang´ , ai` sin- thong- ti- i´ cit le_ .
病人佇咧休睏時準，妳要離開病人，愛先通知伊一咧。
病人正在休息的時候，如果妳要離開病人，要先告訴他一下。
Jika pasien sedangistirahat , dan jika kamu mau meninggalkan pasien , harus beritahu dulu .

pe_ lang´ be´ sai¯ lo_ cheng´ , ai` cun¯ pi_ sai¯ thang` ho_ i´ yong_ .
病人不使落床愛準備屎筒乎伊用。
病人不能下床要準備便盆給他用
Orang sakit tidak bisa turun ranjang harus siapkan pispot buat dia pakai.

ai` e_ ki` le` , mui´ neng- tiam¯ chiong¯ ta- pe_ lang´ ping¯ ping´ ga- phak ka- cia` phia´ .
愛乜記咧，每二點鐘搭病人翻邊甲打尻脊胼。
記得，每兩個小時幫病人翻身和拍背。
Ingat , setiap 2 jam sekali bantu orang sakit balik badan dan tepuk punggung.

pe_ lang´ cia_ peng_ liau¯ au` , ai` ho_ i´ hio` khun_ cit le` .
病人喫飯了後，愛乎伊休睏一咧。
病人吃飯後，應該給他休息一下。
Setelah orang sakit makan, harus kasih dia istirahat sebentar.

chua_ pe_ lang´ chiu_ peng` so` ai` sue` li` , be¯ sai¯ ho_ i´ pua_ to` .
娶病人就便所愛細字，不使乎伊搏倒。
帶病人上廁所要小心，別讓他跌倒。
Bawa orang sakit ke wc harus hati-hati , jangan sampai dia jatuh.

ai` an` si´ ho_ pe_ lang´ cia_ peng_ ga- cia_ yoh a` .
愛按時乎病人喫飯甲喫藥仔。
要按時給病人吃飯和吃藥。
Harus tepat waktu kasih orang sakit makan nasi dan minum obat .

li¯ e_ hiau´ ta- pe_ lang´ niu´ hue` ap bo_ ?
妳會曉搭病人量血壓沒？
你會不會幫病人量血壓？
Kamu bisa bantu orang sakit ukur tekanan darah tidak ?

ai` cu` yi_ ta- pe_ lang´ ga` ho_ sio¯ .
愛注意搭病人甲乎燒。
要注意給病人保暖。
Harus perhatikan jaga orang sakit agar tetap hangat .

ju´ ko- thi¯ khi` cin- gua´ , ai` ho_ pe_ lang´ ge- cheng- gua- sa¯ .
如果天氣真寒，愛乎病人多穿寡衫。
如果天氣很冷，要給病人多加衣服。
Kalau udara sangat dingin , harus kasih orang sakit tambah baju .

be´ sai¯ cu` siun- tin¯ e_ mi- kia- ho_ pe_ lang´ cia_ .
不使煮傷釘乜咪件乎病人喫。
不要煮太硬的食物給病人吃。
Jangan masak makanan terlalu keras kasih orang sakit makan .

thau´ ge¯ kau- tai_ gua¯ , au` jit ai` chua_ a` ma` khi¯ pe_ ie´ co` hok kian_ .
頭家交代我，後日愛娶阿嬤去病院作復健。
先生交代我，後天要帶阿嬤去醫院作複健。
Tuan pesan kepada saya , lusa harus bawa nenek ke rumah sakit untuk therapy .

be´ sai¯ ho_ pe_ lang´ i- ti_ to¯ e_ ming- cheng- tin` , ai` pang- mang´ yi´ co` wun_ tong- .
不使乎病人一直倒乜眠床頂，愛幫忙伊作運動。
不要讓病人一直躺在床上，應該幫他作運動。
Jangan biarkan orang sakit terus-terusan berbaring diatas ranjang , harus bantu dia gerak badan .

ju´ ko- lau_ lang´ e_ hiau´ ga- ki- cia_ yoh a_ , to- em_ ben¯ i- ti_ the` i- co` .
如果老人會曉家己喫藥仔，都em免一直替伊作。
如果老人能夠自己吃藥，不要一直幫他。
Kalau orang tua bisa minum obat sendiri , jangan terus-terusan bantu dia .

sak pe_ lang´ ce_ lun´ yi` si´ , ai` se` li_ , ai` cu` yi` an- cuan´ .
煞病人坐輪椅時，愛細字，愛注意安全。
推病人坐輪椅時，要小心，注意安全。
Waktu dorong orang sakit duduk di kursi roda , harus hati-hati , perhatikan keamanan .

ju´ ko- pe_ lang´ be´ sai¯ ga- ki- sue¯ ming- , ai` ta- yi´ pang- mang´ .
如果病人不使家己洗面，愛搭伊幫忙。
如果病人不能自己洗臉，要幫他。
Kalau orang sakit tidak bisa cuci muka sendiri , harus bantu dia .

sin- chi_ gin¯ na` ga- pe_ lang´ cia_ pa` peng_ liau_ au` , li¯ ciah ko- cia_ .
先飼嬰仔甲病人喫飽飯了後，妳再擱喫。
先餵小孩或是病人吃飽飯，妳再吃。
Suapi anak atau orang sakit makan dulu , kamu baru makan .

pe_ lang´ khi¯ cheng- liau¯ au` , ai` ta- i´ sue¯ ming_ ga- lua_ thau¯ cang- .
病人起床了後，愛搭他洗面甲蔔頭鬃。
病人起床後，要幫他洗臉和梳頭。
Setelah orang sakit bangun , mau bantu dia cuci muka dan sisir rambut .

si´ kan- kau` la_ , ai` ho_ pe_ lang´ hio` khun` cit le_ .
時間到啦，愛乎病人休睏一咧。
時間到了，給病人休息一下。
Waktu sudah tiba , kasih orang sakit istirahat sebentar .

pe_ lang´ e_ sa¯ ai` hun- khui¯ sue` .
病人乜衫愛分開洗。
病人的衣服要分開洗。
Baju orang sakit cucinya harus dipisah .

chi_ pe_ lang´ cia_ peng_ ya` si_ cia_ yoh a_ , ai` sin- sue¯ chiu` ,
飼病人喫飯抑是喫藥啊，愛先洗手。
餵病人吃飯或吃藥，要先洗手。
Menyuapi orang sakit makan atau minum obat harus cuci tangan dulu .

pe_ lang´ e_ seng` te- bo´ ho_ , lan´ ai` lin` nai¯ ciau` ko` yi- .
病人乜性地不好，咱們愛忍耐照顧伊。
病人的脾氣不好，我們要忍耐照顧他。
Sifat orang sakit tidak baik , kita harus sabar menjaganya .

li¯ e_ hiau´ ciau` ko` pe_ lang´ bo_ ?
妳會曉照顧病人沒？
妳能不能照顧病人？
Kamu bisa tidak jaga orang sakit?

ai` sui´ si´ cu` yi` pe_ lang´ e_ an- cuan´ .
愛隨時注意病人乜安全。
隨時要注意病人的安全。
Harus selalu memperhatikan keamanan orang sakit .

li¯ e_ hiau´ ta- pe_ lang´ niu´ wun- to_ bo_ ?
妳會曉搭病人量溫度沒？
妳會不會幫病人量體溫？
Kamu bisa bantu orang sakit ukur suhu badan tidak ?

e` ki` le_ ho_ pe_ lang´ cia_ yoh a_ .
乜記咧乎病人喫藥啊。
記得給病人吃藥。
Ingat kasih orang sakit makan obat .

pe_ lang´ ya` si_ gin¯ na` cia_ pa` peng_ liau¯ au` , ai` ta- yi´ chit chui_ phue` .
病人抑是嬰仔喫飽飯了後，愛搭伊拭嘴配。
病人或是小孩吃飽飯後，要幫他擦嘴巴。
Setelah orang sakit atau anak kecil makan , harus bantu dia lap mulut .

ta- pe_ lang´ chit sin¯ ku¯ ai` yong_ be´ sio¯ be´ ling` e_ cui` chit .
搭病人拭身軀愛用沒燒沒冷乜水拭。
給病人擦澡要用溫水。
Kasih orang sakit lap badan harus pakai air hangat .

li¯ e_ hiau´ ta- pe_ lang´ phak ka- cia` phia´ be´ ?
妳會曉搭病人打尻脊胼沒？
妳會幫病人拍背嗎？
Apakah kamu bisa bantu orang sakit tepuk punggung ?

the´ chen¯ yi´ an` si´ cia_ yoh a_ .
提醒伊按時喫藥啊。
提醒他按時吃藥。
Ingatkan dia untuk makan obat tepat pada waktunya.

kiam- ca´ yi´ e_ lio_ cu´ a` u_ tam´ bo_ ?
檢查伊乜尿珠仔有溼無？
檢查尿布有沒有濕
Periksa popok apakah sudah basah

pak to` e_ tiun_ be´ ?
腹肚會漲沒？
肚子漲不漲？
Apakah perut kembung?

pak to` e_ thia_ be´ ?
腹肚會疼沒？
肚子痛嗎？
Apakah sakit perut?

be¯ pang` lio_ bo_ ?
麥放尿無？
要小便嗎？
Apakah mau buang air kecil?

be¯ pang` sai` bo_ ?
麥放屎無？
要大便嗎？
Apakah mau buang air besar?

u_ pi` kiet bo_ ?
有閉結無？
有便秘嗎？
Apakah tidak bisa buang air besar?

u_ pang` phui_ bo_ ?
有放屁無？
有沒有放屁？
Ada kentut tidak?

gua¯ phua` pe- a_ , ta- gua¯ the_ yoh a_ lai´ .
我破病啊，搭我提藥啊來。
我病了，幫我拿藥來。
Saya sakit , tolong ambilkan saya obat

yoh a_ kheng` ti_ to- wui´ ?
藥仔放佇叨位？
藥放在哪裡？
Ditaruh dimana obatnya?

ti_ le` yoh kui` lai_ tue` .
佇咧藥櫃內堆。
在藥櫃裡。
Dalam lemari obat.

be¯ sio¯ cui` ya` si_ ling` cui` ?
麥燒水抑是冷水？
要溫水還是冰水？
Mau air hangat atau air dingin ?

a` kong- , cia_ yoh a` e_ si´ kan- kau` a` , gua¯ ho_ li¯ yoh a` cia_ .
阿公，喫藥仔乜時間到啊，我乎妳藥仔喫。
阿公，吃藥時間到了，我給您藥吃。
sudah waktunya makan obat,kakek,saya berikan kamu obat!

gua¯ ta- li¯ ping¯ ping´ .
我搭你翻邊。
我幫您翻身。
Saya bantu kamu balik badan

gua¯ ta- li¯ chit sin¯ khu¯ .
我搭你拭身軀。
我幫您擦身。
Saya bantu kamu lap badan

kin- a` jit a` kong- li¯ kan- kah an¯ cua` yung_ ?
今仔日阿公你感覺按紙樣？
今天阿公覺得怎麼樣？
Hari ini perasaan kakek bagaimana?

gua¯ pi´ sai¯ , ta- gua¯ the_ pi´ sai yoh a` lai´.
我鼻塞，搭我提鼻塞藥仔來。
我鼻塞，幫我拿鼻塞藥來。
Hidung saya tersumbat , tolong ambilkan saya obat

gua¯ thau¯ thia` u_ tan_ po´ a` huat sio¯ .
我頭疼有淡薄啊發燒。
我頭痛有點發燒。
Kepala saya sakit dan ada sedikit demam.

gua¯ cuan- sin- siun´ thia` .
我全身酸疼。
我全身酸痛
seluruh badan saya pegal linu.

a` kong- , gua¯ ta- li¯ ga¯ chiu- cheng- kah .
阿公，我搭你剪手腫甲。
阿公，我幫您剪手指甲。
kakek, Saya bantu kamu gunting kuku.

課程名稱

清洗晾晒衣物

mencuci menjemur pakaian

Tau´ ge¯ niu´ , ce` sue¯ sa¯ ki- an` cua` yong_ ?
chia¯ li` ka_ gua` .
頭家娘，這洗衫機按怎用？請妳甲我。
太太，這洗衣機怎麼用？請您教我。
Nyonya , mesin cuci ini bagaimana cara pakainya ?
tolong ajarin saya .

Sa¯ ai` hun¯ khui¯ sue` , u¯ sek e_ kah bo´ sek e_ ,
ai` hun¯ khui¯ sue` .
衫愛分開洗，有色乜甲沒色乜，愛分開洗。
衣服要分開洗，有顏色的和沒顏色的要分開洗。
pakaian harus cuci terpisah , yang berwarna dan yang
tidak berwarna cucinya harus dipisah .

Sue¯ sa¯ cin` cing´ , ai` yong_ sap bun´ hun` phau_ cit le` .
洗衫陣前，愛用雪文粉泡一咧。
洗衣服前，要用洗衣粉泡一下。
Sebelum mencuci pakaian , pakaian harus direndam
dulu sebentar dengan bubuk detergen .

Tau´ ge¯ niu´ , sa¯ be¯ phak to´ wui´ ?
頭家娘，衫欲曝叼位？
太太，衣服要晒在哪裡？
Nyonya , pakaian mau jemur di mana ?

Be¯ lo_ ho- a´ , kin¯ khi_ siu- sa¯ .
欲落雨啊，緊去收衫。
快要下雨了，快去收衣服。
Hujan akan turun , cepat angkat pakaian .

Sa¯ ti_ le` thuat cui` si´ , be´ sai¯ hian¯ kui¯ kua_ , cin¯ hui¯ hiam` o´ .
衫佇咧脱水時，不使掀開蓋，真危險喔。
衣服在脱水的時候，不可以打開蓋子，很危險的喔。
Waktu memeras baju di mesin cuci , tutupnya tidak boleh di buka, membuka penutupnya sangat bahaya .

ca¯ teng_ liau¯ au` , khai¯ si¯ sue¯ sa¯ .
早頓了後，開始洗衫。
吃完早餐後，開始洗衣服。
Setelah makan pagi , mulai cuci baju .

sue¯ sa¯ ki¯ khai¯ si_ sue¯ sa¯ liau` au`, li` toh khi` ceng_ li´ phang- kin- .
洗衫機開始洗衫了後，妳道去整理房間。
洗衣機開始轉動後，妳開始整理房間。
Saat mesin cuci mulai bekerja , kamu mulai rapikan kamar.

sin- pia` sau_ ke` thia¯ , ciah lai_ khun` phang´ , hu- lo- kin- ga` cau` kha- .
先拼掃客廳，再來睏房，風呂間甲灶腳。
先清理客廳，然後臥室，浴室，和廚房。
Bereskan ruang tamu dulu , kemudian kamar , kamar mandi , dan dapur .

sue¯ sa¯ ho` a´ , toh khi_ phak sa¯
洗衫好啊，道去曝衫。
洗完衣服後，開始晾衣服。
Setelah cuci baju , mulai jemur baju .

go_ tiam¯ gua- , ai` ta- phak ta¯ e_ sa¯ siu¯ lit lai_ .
五點多，愛搭曝乾乜衫收入來。
五點多，要把晾乾的衣服收回來。
Jam lima lebih , angkat baju yang sedang dijemur.

liau_ au_ , li` toh cun¯ pi_ u` sa¯ .
了後，妳道準備燙衫。
然後，就準備燙衣服。
Kemudian , setrika pakaian.

na_ si_ bo´ lang- ke` , li¯ cap tiam¯ gua- toh e_ sai¯ hio` khun_ la` .
哪是無人客，妳十點多道乜使休睏啦。
如果沒有訪客，妳十點多就可以休息了。
Kalau tidak ada tamu, jam sepuluh kamu sudah boleh beristirahat.

sa¯ u_ hun- sue¯ sa¯ ki- sue` e_ , ya` si_ chiu¯ sue` e_ , ai` sin- meng_ chin- cho` .
衫有分洗衫機洗乜，抑是手洗乜，愛先問清楚。
衣服有分成洗衣機洗，或手洗的，要問清楚。
Ada baju yang dicuci dengan mesin cuci , atau dicuci dengan tangan , harus tanya dengan jelas .

Gin¯ na` e_ sa¯ yong_ chiu` sue` , chun- e_ yong_ sue¯ sa¯ ki- sue` .
嬰阿乜衫用手洗，剩乜用洗衫機洗。
小孩子的衣服用手洗，剩下的用洗衣機洗。
Pakaian punya anak kecil dicuci pakai tangan , yang lain dicuci dengan mesin cuci .

thau´ ge¯ niu´ , ci` khuan¯ sue¯ sa¯ ki- gua¯ bo´ yong_ khue` , chia¯ li¯ kak gua` .
頭家娘，這款洗衫機我無用過，請妳教我。
太太我沒有用過這種洗衣機，請您教我。
Nyonya , saya belum pernah pakai mesin cuci seperti ini , tolong anda ajari saya .

lai` sa¯ , lai` kho` , bei´ a` be´ sai¯ yong_ sue¯ sa¯ ki- sue` , ai` yong_ chiu` sue` .
內衫，內褲，襪仔勿使用洗衫機洗，愛用手洗。
內衣，內褲，襪子不可以用洗衣機洗，要用手洗。
Baju dalam , celana dalam , kaos kaki , tidak boleh dicuci dengan mesin cuci , harus dicuci dengan tangan .

mui´ le¯ pai` ai` wua_ cheng´ tua¯ ga- chim¯ thau- po` .
每禮拜愛換床單甲枕頭布。
每個星期要換床單和枕頭套。
Tiap minggu harus ganti sprei dan sarung bantal .

ya` u_ la` sak e_ sa¯ be` sue` bo_ ?
抑有落圾乜衫要洗無？
還有骯髒的衣服要洗嗎？
Masih ada pakaian kotor yang mau dicuci tidak ?

li¯ e_ sa¯ la` sak a_ , ai` wua_ a` .
妳乜衫落圾啊，愛換啊。
妳的衣服髒了，該換了。
Baju kamu kotor , harus diganti.

ce` le` sa¯ e_ thue` sek , li¯ ai` hun- khui- a_ sue` .
這咧衫會退色，妳愛分開啊洗。
這衣服會退色，妳要分開洗。
Baju ini luntur , harus terpisah cucinya.

peh sek e_ sa¯ ma` ai` hun- khui- a_ sue` , ya` si` thung_ ca¯ sue` .
白色乜衫嘛愛分開啊洗，抑是統早洗。
白色的衣服也要分開洗，或者先洗。
Baju yang putih cucinya harus terpisah atau cuci terlebih dahulu.

ci` lia` sa¯ khak po- , be´ ing´ e_ yong_ lu¯ a` lu` , ai` yong_ chiu` sue` .
這領衫較薄，不用乜用櫨仔櫨，愛用手洗。
這件衣服比較薄，不能用刷子刷，要用手洗。
Baju ini tipis , tidak usah disikat, cuci pakai tangan saja.

thai¯ thai` , sa¯ ge- a` bo´ kau` yong_ .
太太，衫架仔無夠用。
太太，衣架不夠用。
Nyonya , gantungan baju tidak cukup.

gua¯ e_ khi¯ bue` teng` lai` , lo` ho_ a` , ai` ta- sa¯ siu¯ lit lai` .
我會去買轉來，落雨啊，愛搭衫收入來。
我會買回來。下雨了，要把衣服收進來。
Saya akan beli lagi. Hujan , harus angkat semua baju.

ca¯ po´ sa¯ , ca¯ bo` sa¯ ai` hun- khui- sue` bo_ ?
查哺衫，查母衫愛分開洗無？
男衣服，女衣服要不要分開洗？
Baju laki-laki dan baju perempuan apakah mau dicuci terpisah?

sa¯ e_ sai¯ tau` tin- sue` , tan` si_ kho` ai` ling´ wua´ sue` .
衫會使鬥陣洗，但是褲愛另外洗。
衣服可以一起洗。但褲子要分開洗。
Baju boleh dicuci jadi satu. Tetapi celana harus dicuci terpisah.

lia` khau_ , kho` khak ai` yong_ lu¯ a` lu` .
領口，褲腳愛用櫨仔櫨。
衣領，褲管要用刷子刷。
Kerah baju dan celana harus disikat.

mui¯ jit ai` ta_ phak ta¯ e_ sa¯ siu¯ lit lai` .
每日愛搭曝乾乜衫收入來。
每天要把晾乾的衣服收回來。
Setiap hari baju yang dijemur , sudah kering harus diangkat.

bo´ ta- e- , min´ a` cai_ ciah siu¯ .
無乾乜，明仔載再收。
沒有乾的，明天再收。
Yang belum kering , besok baru diangkat.

ta_ siu¯ lit lai` e_ sa¯ sin- kheng_ ho´ ho` se`, cun_ pi` am` si´ a` uh` .
搭收入來乜衫先放乎好勢，準備暗時啊燙。
把收回來的衣服先放好，準備晚上燙。
Baju yang sudah diangkat taruh yang baik , malam baru menggosok .

sia` ci_ ga- teng´ kho_ yi` tin_ ai` uh` .
sia ci 甲長褲一定愛燙。
襯衫及長褲一定要燙。
Kemeja dan celana panjang harus digosok.

lai` sa¯ kho_ , bei´ a` , chu` lai` cheng¯ e- sa¯ kho` bien´ uh` .
內衫褲，襪仔，厝內穿乜衫褲免燙。
內衣褲，襪子，平常家居用衣服不必燙。
Baju dalam , kaus kaki dan pakaian sehari-hari dirumah tidak usah di gosok.

uh` sa¯ e- si´ cun´ , be´ sai¯ ho` gin¯ a` ciah kim- .
燙衫乜時準，不使乎嬰仔接近。
燙衣服的時候，不要讓小孩子接近。
Saat menggosok baju , anak tidak boleh dekat-dekat.

mui´ cit le` lang´ e- sa¯ kho_ , ai` hun- khui- tha_ ho´ ho` , ya` si` tiau_ khi´ lai` kheng` .
每一咧人乜衫褲，愛分開疊乎好，抑是吊起來放。
每一個人的衣服，要分開放好或吊起來。
Baju masing-masing ditaruh terpisah dan gantung yang baik.

thai- thai` , uh` tau` phai` khi_ a_ .
太太，燙斗壞去啊。
太太，燙斗壞了。
Nyonya , gosokan sudah rusak .

ci` lia¯ sa¯ ku¯ a_ , ai` uh` bo_ ?
這領衫舊啊，愛燙無？
這件衣服舊了，要燙嗎？
Baju ini sudah lama , apakah mau digosok?

ai` uh` , na` si` nai` sa¯ , nai` kho_ , khun` sa¯ e_ sai¯ ben¯ uh` , tan` si_ ai` cih khi` lai´ .
愛燙，那是內衫，內褲，睏衫會使免燙，但是要摺起來。
要燙，內衣，內褲，睡衣可以不燙，但要摺起來。
Mau digosok , baju dalam , celana dalam , baju tidur tidak usah digosok ,tapi harus dilipat yang rapih

gua¯ ci` lia¯ sa¯ cin- kui` , li` ai` se` ji´ a` uh` , be¯ sai¯ uh` phua` .
我這領衫真貴，妳愛細字仔燙，不使燙破。
我這件衣服太貴，妳要小心燙，不能燙破。
Baju ini mahal , perhatikan waktu menggosok , jangan sampai rusak.

整理掃除房間

merapikan, membersihkan kamar

Cai¯ khi` khi¯ lai` , ai` kah bin´ cheng- pho´ ho` , mi_ phue´ cih ho´ ho` , chim¯ thau´ kheng_ ho´ ho`.
仔起起來，要甲眠床鋪好，米被摺乎好，枕頭放乎好。
早上起床，要把床鋪好，棉被摺好，枕頭放好。
Bangun pagi ranjang dirapikan , selimut dilipat , bantal diletakkan yang rapi .

Tat_ kang- khi` lai` , ai` kah li` ga¯ ki_ cing- li- ho´ ching¯ khi` .
搭剛起來，愛甲你家己整理乎清氣。
每天起床後，要先把自己整理乾淨。
Setiap hari habis bangun tidur merapikan diri sendiri dulu .

Ce` le ` to¯ a` chit a` be´ ?
這咧桌仔拭啊未？
這桌子擦過了沒？
Meja ini sudah dilap belum ?

Bin` kin- kheng_ ti_ e´ to` ?
面巾放佇乜哪？
毛巾放在哪裡？
Handuk taruh di mana ?

ho- lo- kin¯ sue` ching¯ khi` liau` au´ , tho´ kha` toh ai` chit ho´ tah .
風呂間洗輕氣了後，土腳都要拭乎乾。
浴室清洗乾淨後，地板要擦乾。
Kamar mandi setelah bersih , lantainya juga di lap kering.

li` ai` khim_ khim` a´ sau` ho´ tho´ kha` liau´ au` , ciah yong_ to` po- chit tho´ kha`.
妳愛輕輕啊掃好土腳了後，再用桌布拭土腳。
妳要輕輕的掃完地後，再用抹布擦地板。
Setelah di sapu , lantai baru di pel dengan kain pel.

phung` yi´ a` ka¯ to¯ a` yi´ a` ai` yong_ tan´ po- chit .
膨椅仔甲桌仔椅仔愛用澀布拭。
沙發跟桌椅要用濕布擦。
Sofa dengan meja kursi di lap dengan kain basah.

sue¯ wua´ ti- ai` yong_ chai` kue- po- kah cit tiam¯ a` se- wua´ ceng¯ .
洗碗箸愛用菜瓜布甲一點仔洗碗精。
洗碗筷要用菜瓜布和一點清潔劑。
Cuci mangkok sumpit pakai sabut cuci mangkok dan sedikit cairan pembersih .

cu` chai` liau´ au` , ga¯ su` lo´ kah phai´ yiu´ yen- ki- ai` chit ching¯ khi` .
煮菜了後瓦斯爐甲排油煙機愛拭輕氣。
煮菜後瓦斯爐和抽油煙機要擦乾淨。
Setelah masak sayur kompor gas dan penyedot asap masakan harus dilap yang bersih .

cau` kha¯ ma` ai` ceng_ li` ching¯ khi` .
灶腳嘛愛整理輕氣。
廚房也要整理乾淨。
Dapur juga harus dibereskan yang bersih .

be´ sai¯ mu¯ kah tai¯ ko¯ siong_ .
沒使舞甲胎擱想。
不要弄的到處油膩膩。
Jangan sampai banyak minyak dimana-mana .

phai´ yiu´ yen- ki- e- bang´ a` ai` wua´ la´ .
排油煙機乜網仔愛換啦。
抽油煙機的油網要換了。
Saringan penyedot asap sudah harus diganti .

theng¯ na` si` mua` chu` lai_ , ga- su` lo´ ai` ma` sieng_ chit ching¯ khi` .
湯那是滿出來，瓦斯爐愛馬上拭輕氣。
湯如果溢出來瓦斯爐要馬上擦。
Jikalau kuah tumpah , kompor gas harus cepat dilap bersih .

chai` tiam_ sue¯ ho` ai` phak ho´ ta_ .
菜砧洗好愛曝乎乾。
砧板洗後要晾乾。
Talenan sesudah dicuci harus dikeringkan .

cia_ pa` a´ , sue¯ ho´ wua` ti- liau` au` , li¯ e_ tang` hio` khun` cit le` .
喫飽啊，洗好碗箸了後，妳會當休睏一咧。
吃過午飯，洗完碗筷後，妳可以休息一下。
Setelah makan siang, selesai mencuci mangkok , kamu boleh beristirahat sebentar.

Chit tho´ kha` cin` cing´ , ai` sin¯ yong_ sau` chiu` kah pun` tau` , kah pun` so_ sau` ho´ ching¯ khi` .
拭土腳陣前，愛先用掃帚甲畚斗，甲糞埽掃乎清氣。
擦地板前，要先用掃把和畚箕把地掃乾淨。
Sebelum ngepel lantai , lantai harus disapu dulu , sampahnya diangkat dengan pengki

Sau` tho´ kha` ai` sau` ho´ ching¯ khi` , to´ a` kha¯ ma` ai` sau` .
掃土腳愛掃乎清氣，桌仔腳嘛愛掃。
掃地要掃乾淨，桌子底下也要掃。
Menyapu harus bersih , kolong meja juga harus disapu bersih .

pien_ so` ai` yong_ lu¯ a` lu` ho´ ching¯ khi` .
便所愛用攄仔攄乎清氣。
廁所要用刷子刷乾淨。
WC harus disikat bersih dengan sikat .

ce` thang´ a` meng´ li¯ chit kue` a` bo´ ? na` e_ ya` si` ciah ni` lah sak ?
這窗仔門妳拭過啊無？那會抑是者尼落圾？
這窗戶妳擦過了沒有？為什麼還那麼骯髒？
Jendela ini apakah sudah kamu lap ? mengapa masih begitu kotor ?

min´ kin¯ , sa¯ kho` , bei´ a` ai` kheng` ti- sa¯ tu´ a` lai_
面巾，衫褲，襪仔要放佇衫櫥仔內。
毛巾，衣服，襪子放在衣櫃裡。
Handuk , baju , kaos kaki taruh di dalam lemari pakaian .

chit tho´ kha` e_ cui` lah sak a` toh ai` wua´ .
拭土腳乜水落圾啊道愛換。
拖地的水髒了就要換。
Air pel sudah kotor , harus diganti .

cau` kha` e- chien´ thua¯ be´ sai¯ ching_ ga¯ kheh thia¯ .
灶腳乜淺拖不使穿甲客廳。
廚房的拖鞋不可以穿到客廳。
Sandal dapur tidak boleh dipakai ke ruang tamu .

sau` chiu` gua¯ kheng` ti- e_ cau` kha` e¯ au` pia` .
掃手我放佇乜灶腳的後壁。
掃把我放在廚房的後面。
Sapu saya taruh di belakang dapur .

sau` tho´ kha` , chit tho´ kha` , chit to´ a` , sue¯ chia-li¯ e_ hiau¯ be´ ?
掃土腳，拭土腳，拭桌仔，洗車妳會曉沒？
掃地，拖地，擦桌子，洗汽車妳會嗎？
Apakah kamu bisa Menyapu , mengepel , lap meja , cuci mobil ?

ce` le` lu` a_ ci` e¯ sai¯ yong_ lai´ sue¯ ma¯ thang` .
這咧櫨仔只會使用來洗馬桶
這個刷子只能用來洗馬桶。
Sikat ini khusus untuk sikat kloset .

cau` kha¯ yong_ e_ to` po_ ga- chit tho´ kha` e- to` po_ , be´ sai¯ lam` co` wui` yong¯ .
灶腳用乜桌布甲拭土腳乜桌布，不使lam作偎用。
廚房用的抹布跟擦地用的抹布，不能混著用。
Lap untuk dapur dengan lap untuk lantai , Tidak boleh digunakan jadi satu.

tam_ po_ ti- le` su´ yong¯ cin` cing´ ai` sin- yong¯ chiu` cun_ ta- .
溼布佇咧使用陣前愛先用手轉乾。
濕布在使用前要先用手擰掉水分。
Kain basah sebelum digunakan harus diperas dengan tangan sampai kering.

tien_ si_ , im´ hieng` kah to- kui` , mui´ neng_ jit ai` chit cit pai` .
電視，音響甲桌櫃，每二日愛拭一拜。
電視機，音響及桌櫃，每兩天要擦拭一次。
TV,speaker dan lemari , 2 hari sekali harus dilap.

ping- siong¯ mui´ kang¯ long_ ai` chit .
冰箱每天攏愛拭。
冰箱也要擦拭。
Kulkas juga di lap.

ping- siong¯ cit le´ pai` ai` sue¯ cit pai` .
冰箱一禮拜愛洗一拜。
冰箱一個星期要清洗一次。
Kulkas tiap minggu sekali harus dibersihkan .

sua¯ thang´ a` meng´ mui´ cit ko` gue_ ai` the_ lo¯ lai_ yong_ cui` sue` cit pai` .
紗窗仔門每一個月愛提落來用水洗一拜。
紗窗每一個月要拿下來用水清洗一次。
Jendela kassa di bersihkan dengan air 1 bulan sekali.

ling` khi` e- bang´ a` mui´ neng_ le´ pai` ai` the´ chu` lai_ sue` cit pai` .
冷氣乜網仔每二禮拜愛提出來洗一拜。
冷氣機的濾網每兩個星期要拿下來清洗一次。
Kassa AC dalam 2 minggu sekali di bersihkan.

pien_ so` , mui´ kang¯ long´ ai` po¯ chi´ ching¯ khi` .
便所，每剛攏愛保持輕氣。
廁所，每天都要洗乾淨。
Setiap hari , kamar mandi harus dibersihkan.

gua¯ siong¯ be` tua` chiu´ lung´ sue` pien_ so` .
我想嘛戴手籠洗便所。
我想戴手套洗廁所。
Saya mau memakai sarung tangan waktu mencuci kamar mandi.

pien_ so` sue` ho` a` liau´ au` , tho- kha_ a` yong_ po_ chit ta¯ .
便所洗好啊了後，土腳愛用布拭乾。
廁所洗好後，要用乾布擦乾。
Kamar mandi setelah dibersihkan , dilap sampai kering.

課程名稱

洗菜煮菜飲食

mencuci, memasak makanan

cap i` tiam` wua´ , kai¯ si_ chuan´ tiong- teng` .
十一點些，開始僎中頓。
十一點多，開始準備午餐。
Jam sebelas lebih , mulai siapkan makan siang .

cu¯ ho` tiong- teng` , chia¯ a` kong¯ , a` ma¯ sin- cia- peng- .
煮好中頓，請阿公，阿嬤先喫飯。
煮好午餐，請阿公，阿嬤先吃飯。
Selesai masak makan siang , kakek dan nenek makan terlebih dahulu.

a` kong- , a` ma` cia- peng- lia´ au` , li` ciah e¯ sai¯ cia- peng- .
阿公，阿嬤喫飯了後，妳才乜賽喫飯。
阿公，阿嬤吃完飯後，妳才可以吃飯。
Kakek dan nenek selesai makan , kamu boleh makan .

cia- ho¯ peng- , li` ai` kuan´ ho¯ to` tin` ka` sue¯ wua¯ ti- .
喫好飯，妳愛款好桌頂卡洗碗箸。
吃完飯後，妳要收拾飯菜及洗碗筷。
Selesai makan siang , kamu harus membereskan dan mencuci peralatan makan .

Tat_ kang- cai¯ khi` , ho´ sen- si- kah gin´ na` cit pue- gu´ lin´ .
搭剛早起，乎先生卡嬰仔一杯牛奶。
每天早上給先生及小孩一杯牛奶。
Tiap pagi berikan tuan dan anak segelas susu .

Thai¯ thai` , bin´ na` cai¯ khi` be´ cia_ sia´ mi` ?
太太，明那仔氣要喫啥咪？
太太，明天早上要吃什麼？
Nyonya , besok pagi mau makan apa ?

Be´ cia_ moi´ ka¯ siu_ chai` . be¯ cia_ gu´ lin´ kah mi_ pong-
要喫糜甲小菜。要喫牛奶甲麵磅。
要吃粥和小菜。要吃牛奶和麵包。
Mau makan bubur dan sayur . mau makan susu dan roti panggang .

Bin´ na` cai` khi` bien´ chuan´ ca¯ teng`
明也早起免僎早頓
明天早上不用準備早餐
Besok pagi tidak perlu menyediakan sarapan pagi .

Kin- na` tiong- tau` , be¯ cu¯ sia_ mi` chai` ? sia_ mi` theng¯ ?
今那中晝，要煮啥咪菜？啥咪湯？
今天中午，要煮什麼菜？什麼湯？
Siang ini mau masak sayur apa ? kuah apa ?

Kin- na` tiong- tau` gua¯ bo´ teng¯ lai_ cia- , li¯ ga¯ ki-cia- .
今那中晝我沒轉來喫，妳家己喫。
今天中午我不回來吃，妳自己吃。
Siang ini saya tidak pulang makan , kamu makan saja sendiri .

Tiong- tau` cu¯ mi- toh ho` a_ .
中晝煮麵都好啊。
中午煮麵就可以了。
Siang masak mie juga boleh .

Tau´ ge¯ liu´ , ce¯ chai` be¯ an` cain´ cu` ? chia¯ li¯ ka¯ gua` cu` .
頭家娘，這菜要按怎煮？請妳教我煮。
太太，這菜要怎麼煮？請您教我。
Nyonya , sayur ini bagaimana masaknya ? tolong ajarin saya .

Gua¯ ka¯ li¯ cu` , li¯ ti_ pi¯ a_ khua¯ .
我教妳煮，妳佇邊啊看。
我教你煮，妳在旁邊看。
Saya ajarin kamu masak , kamu harus lihat di samping .

Cu` chai` be´ sai¯ he` siun´ ce_ yam´ ka- bi_ so` .
煮菜不使放傷濟鹽甲味素。
煮菜不要放太多的鹽和味精。
Masak sayur jangan terlalu banyak garam dan mi cin .

Cu` theng¯ ai` cu` khah ku` cit le` khah ho_ cia_ .
煮湯愛煮較久幾咧卡好喫。
煮湯要煮久一點才較好喝。
Masak Kuah harus lebih lama agar lebih sedap di minum .

Peng_ ai` cu` kui¯ pue- bi` ? kheng_ loa_ cue¯ cui` ?
飯愛煮幾杯米？放偌濟水？
飯要煮多少杯米？放多少水？
Masak nasi mau berapa banyak gelas beras ? airnya berapa banyak ?

Chin` peng_ ai` ling¯ gua_ te` khi_ lai` , ca` sue¯ bi` .
趁飯愛另外擱起來，再洗米。
剩飯要另外盛起來，再洗米。
Sisa nasi harus diangkat dulu , baru cuci beras .

Chai` mai` cu` siun´ ce- , cit teng` u_ kau` cia_ toh ho` a` .
菜免煮傷多，一頓有夠喫就好啊
菜不要煮太多，一餐剛夠吃就可以了。
Masak sayur jangan terlalu banyak , untuk sekali makan sudah cukup .

We´ po¯ lu´ , li¯ kam¯ e_ hiau¯ ying_ ?
微波爐，妳甘會曉用？
微波爐，妳會用嗎？
Apakah kamu bisa menggunakan mikrowave ?

Thau´ ge¯ niu´ , ce` chai` e_ ying_ e_ bo´ ? u_ ho` cia¯ bo´ ?
頭家娘，這菜會用會沒？有好喫沒？
太太，這菜可以嗎？好吃嗎？
Nyonya , sayur ini bagaimana ? apakah enak ?

Chai` na` bo´ chen¯ toh ka` i` tan` tiau¯ .
菜那沒青就甲伊丟掉
菜如果不新鮮，就要丟掉。
Sayuran bila tidak segar lagi harus di buang .

Be´ tan` tiau¯ mi- kia- cin` cing´ , ai` sin- the_ ho` gua¯ khua_ .
要丟掉咪件陣前，愛先拿乎我看。
東西要扔掉前，必須先拿給我看看。
Sebelum barang dibuang kasih saya lihat dulu .

Chai` bien¯ cuan´ po` sue` , sue¯ cit pua` toh ho` a` , chun¯ e_ ping¯ khi` lai` .
菜免全部洗，洗一半就好啊，賰乜冰起來。
菜不用全部洗，洗一半就好了，剩下的冰起來。
Sayurnya tidak usah dicuci semua, cuci separuh saja, dan sisanya dimasukkan kedalam kulkas.

Sin- chi´ a` kong¯ cia_ pa` peng- , li¯ ciah cia_ peng- .
先飼阿公喫飽飯，妳才喫飯。
先餵阿公吃飽飯，妳再吃。
Suapin kakek makan dulu , baru kamu makan .

Tang´ si´ cia_ am` teng` ?
當時喫暗頓？
什麼時候吃晚飯？
Kapan makan malam ?

Ping- siong¯ ya` u_ sia´ mi- chai` ?
冰箱亦有啥咪菜？
冰箱還有什麼菜？
Di dalam lemari es masih ada sayur apa ?

li¯ e_ sai¯ kai¯ si_ cun¯ pi_ am` teng_ .
妳乜賽開始準備暗頓。
妳可以開始準備晚餐。
Kamu boleh mulai siapkan makan malam.

cia_ pa` au` , siu¯ wua¯ ti- liau` ciah chit to` ting` .
喫飽後，收碗箸了才拭桌頂。
吃完飯，收拾碗盤後先把桌子擦乾淨。
Sehabis makan, bereskan peralatan terlebih dahulu, kemudian lap meja yang bersih.

li¯ ca¯ teng_ chuan´ ho` bo´ ?
妳早頓僎好無？
妳早餐準備好了嗎？
Kamu sudah buat sarapan ?

chuan´ ho` la` , thai¯ thai` .
僎好啦，太太。
準備好了，太太。
Sudah siap , Nyonya .

gin¯ na` ca¯ teng_ cia_ sia¯ mi` ?
嬰仔早頓喫啥物？
小孩子早上吃什麼？
Anak-anak sarapan apa ?

u_ gu¯ lin¯ , ko- ciap , siok phang` , mi` pong¯ , cien¯ neng- kah yen¯ chiang¯ .
有牛 lin ，果汁，俗phang，麵磅，煎卵甲煙chiang
有牛奶，果汁，土司，麵包，煎蛋及香腸。
Ada susu, Jus, Roti, kue, telor goreng dan sosis.

si- ti` , a` kong- , a` ma` e_ moi´ chuan´ ho` a` be´
西蒂，阿公，阿嬤乜糜僎好仔沒？
西蒂，阿公，阿嬤的稀飯準備好了嗎？
Siti , kakek dan nenek punya bubur mana ?

moi´ chuan´ ho` la` .
糜僎好啦。
稀飯煮好了。
Bubur sudah selesai dimasak .

u_ sia¯ mi- chai` ?
有啥物菜？
有什麼菜呢？
Ada sayur apa ?

u_ cien¯ neng- , bah so¯ , kah chiun_ kue´ a` .
有煎卵，肉酥，甲醬瓜仔。
有煎蛋，肉鬆，及醬瓜。
Ada telor goreng , abon , dan timun .

li¯ e_ ca¯ teng` e_ ? mi` pong¯ u_ kau` bo_ ?
妳乜早頓也？麵磅有夠無？
妳的早餐呢？麵包夠不夠？
Mana makan pagi kamu ? roti cukup tidak ?

mi` pong¯ u_ kau` .
麵磅有夠。
麵包還夠
Roti masih cukup.

na` si_ mi` pong¯ bo´ a` , li¯ ma` e_ sai¯ cia_ peng- .
那是麵磅沒啊，妳嗎乜賽喫飯。
如果沒有麵包，妳也可以吃飯。
Kalau tidak ada roti , kamu juga boleh makan nasi.

to- sie` , tau´ ge- niu´ , gua¯ cai¯ ia` .
多謝，頭家娘，我知影。
謝謝，太太，我知道了。
Terima kasih nyonya , saya tahu .

tau´ ge- niu´ , ming¯ a` ca¯ khi` be¯ cu` ca¯ teng` ya` si_ bue¯ ca¯ teng` ?
頭家娘，明仔早起要煮早頓抑是買早頓？
太太，請問明天是煮早餐，還是買早餐？
Nyonya , besok mau buat sarapan pagi atau beli sarapan pagi ?

bue¯ ca¯ teng` .
買早頓。
買早點。
Beli sarapan pagi.

bue¯ sia´ mi` ?
買啥物？
買什麼？
Beli apa ?

bue¯ tou` lin´ , man´ thou´ , yiu¯ chia_ kue` , san- ming´ ci` , pau´ a` , mi` pong_ .
買豆lin，man thou，油車粿，三明治，pau a，麵磅。
買豆漿，饅頭，油條，三明治，包子，麵包。
Beli susu kacang , man thou , cakuwe , sandwich , bakpao, roti.

ko¯ be¯ bue¯ sia_ ?
擱要買啥？
還要買什麼？
Masih mau beli apa lagi ?

bo_ a` .
沒啊。
沒有了。
Tidak ada .

ce` si_ ca¯ teng` e_ ci´ , ai` cau_ ci´ teng` lai_ .
這是早頓乜錢，愛找錢轉來。
這是買早餐錢，要找錢回來。
Ini uang untuk beli makanan pagi , ada uang kembalian .

tiong- tau` cia_ mi- toh ho` la_ .
中晝喫麵就好啦。
中午吃麵就可以了。
Siang hari makan bakmi juga boleh .

li¯ e_ hiau¯ cu` tai´ wan´ chai_ be_ ?
妳乜曉煮台灣菜沒？
妳會不會煮台灣菜？
Apakah kamu bisa masak masakan taiwan ?

gua¯ e_ hiau¯ chit si¯ si` a` , tau´ ge¯ niu´ .
我乜曉一細細啊，頭家娘。
我會一點點，太太。
Saya bisa sedikit-sedikit , nyonya .

li¯ e_ hiau¯ cien¯ neng- be_ ?
妳乜曉煎卵沒？
妳會不會煎蛋？
Apakah kamu bisa menggoreng telor ?

e_ , gua¯ e_ hiau¯ cien¯ neng- .
乜，我乜曉煎卵。
會的，我會煎蛋。
Bisa , Saya bisa menggoreng telor .

li¯ e_ hiau¯ cha¯ ing` chai_ be_ ?
妳乜曉炒映菜沒？
妳會不會炒空心菜？
Apakah kamu bisa mentumis kangkung ?

sit le¯ , gua¯ be´ hiau¯ cha¯ ing` chai_ .
失禮，我沒曉炒映菜。
對不起，我不會炒空心菜。
Maaf , saya tidak bisa mentumis kangkung.

lai´ , gua¯ lai_ ka` li¯ cha` chai_ .
來，我來教你炒菜。
來，我來教妳炒菜。
Mari , saya ajari kamu mentumis sayur.

sin- kah ping- siong- lai_ tue` e_ hi´ bah the_ chu_ lai_ thue` ping¯ .
先甲冰箱裡堆乜魚肉提出來退冰。
首先要把冰箱裡的魚跟肉拿出來退冰。
Keluarkan dahulu daging dan ikan dari dalam kulkas.

chen- chai_ ai` sin- phau` ti- cui¯ teh li¯ cap hun¯ cing- , ko¯ yong_ cui` chiong¯ .
青菜愛先泡佇水底二十分鐘，擱用水沖。
蔬菜要先泡在水裡二十分鐘，再用水沖洗。
Rendam terlebih dahulu sayur didalam air selama 20 menit , baru dicuci lagi dengan air .

an` ne` ciah e_ sai¯ tu´ tio` lung´ yoh .
按呢才乜使除掉農藥。
這樣子才可以除掉農藥。
Dengan demikian bisa menghilangkan pupuk yang ada dalam sayuran.

che` chai_ e_ si´ cun¯ , tua¯ sueh ai` to- to´ a` ho` .
切菜乜時準，大小愛都都仔好。
切菜的時候，大小要剛好。
Saat memotong sayur, besar kecil harus sama.

i` pua¯ si_ sin- cu` bah , theng¯ ya` e_ sai` sin- cu` .
一搬是先煮肉，湯也乜使先煮。
一般是先煮肉，湯也可以先煮。
Biasanya daging dimasak terlebih dahulu, sop boleh dimasak dulu.

Ko- lai_ si_ cu` hi´ , ya` si_ cien¯ hi´ , ya` si_ cu` tau_ fu-
擱來是煮魚，抑是煎魚，也是煮豆腐。
再來是煮魚或是煎魚，或是煮豆腐。
Kemudian baru masak ikan atau goreng ikan , atau masak tahu.

theng¯ cu` ho` liau¯ au` , yong_ kua_ kham` thio_ , ho´ po_ win- .
湯煮好了後，用蓋kham 著，乎保溫。
湯煮好後，用蓋子蓋住，以便保溫。
Setelah sop matang , tutup panci , agar tetap panas.

bah , hi´ , chen- chai_ cu` ho` liau` au` , ai` sin- yong_ pua¯ a` kham` ho_ ho` .
肉，魚，青菜煮好了後，愛先用盤仔kham乎好。
肉，魚，青菜煮好後，要先用盤子蓋好。
Tutup terlebih dahulu , daging , ikan dan sayur yang sudah matang .

cia_ peng- e_ si_ cun¯ , ai` kio_ ta´ ge- lai´ cia_ peng- .
喫飯乜時準 ，愛叫答家來喫飯。
吃飯時要叫大家吃飯。
Waktu makan harus panggil semua orang makan .

thau´ ge¯ , thau´ ge¯ niu´ , siu_ cia` , cia_ peng- a´ , chia¯ yong_ .
頭家，頭家娘，小姐，喫飯啦，請用。
先生，太太，小姐，開飯了，請慢用。
Tuan , nyonya , nona , waktunya makan , selamat menikmati .

cu` peng- ya` si_ cu` chai_ be´ sai_ cu` siun- tin¯ .
煮飯抑是煮菜勿使煮傷硬。
煮飯或是煮菜不可以煮太硬。
Masak nasi atau masak sayur tidak boleh masak terlalu keras .

na` si` peng- bo´ kau` , au` pai` ai` ge_ cu` cit kua_ .
吶是飯無夠，後拜愛擱煮一刮。
如果飯不夠，下次要多煮一點。
Kalau nasi tidak cukup , lain kali harus masak banyakan sedikit .

a` ma` , ce` chai_ e_ sai` be´ ? ho` cia_ bo´ ho` cia_ ?
阿嬤，這菜乜賽沒？好喫不好喫？
阿嬤，這菜可以嗎？好不好吃？
Nenek , sayur ini bagaimana ? enak tidak ?

thau´ ge¯ niu´ , chia¯ meng_ cia_ chai_ kah sok si´ si_ sia´ mi- i` su_ ?
頭家娘，請問喫菜甲素食是啥咪意思？
太太，請問（吃素）和（素食）是什麼意思？
Nyonya , numpang tanya (cia chai) dan (sou si) apa artinya ?

chun´ e_ e´ peng- ai` ling_ wua_ tui¯ khi` lai_ , ciah lai´ sue¯ bi` .
剩乜的飯要另外堆起來，再來洗米。
剩飯要另外盛起來，再來洗米。
Sisa nasi harus diangkat terlebih dahulu baru cuci beras .

chin` peng- ai` sio¯ cit le` ciah cia_ .
賸飯愛燒一咧才喫。
剩飯要熱一下才吃。
Sisa nasi harus dipanasi dahulu baru dimakan .

cu` kut thau´ cin` cing´ , sin- yong_ kun¯ cui` theng_ cit le` .
煮骨頭陣前，先用滾水燙一咧。
煮骨頭以前先用熱水燙一下。
Sebelum masak tulang , pakai air panas panasi sebentar .

ta_ ca´ heng´ e_ chai_ the´ khi` sio¯ cit le` , to_ e_ sai` a` .
搭昨昏乜菜提起燒一咧，都會使啊。
把昨天的菜拿去熱一熱，就可以了。
Sayur kemarin dipanaskan sebentar , sudah boleh .

kia´ jit tiong¯ tau` cha- bi¯ hun` toh e_ sai` a` .
今日中晝炒米粉就會使啊
今天中午炒米粉就好了。
Siang hari ini goreng bihun sudah cukup .

chin` chai_ the_ khi` ping¯ cit le` , be´ sai¯ tan` tio¯ .
賸菜提起冰一咧，不使撣掉。
剩菜拿去冰一冰，不可以丟掉。
Sisa sayur masukkan kulkas , tidak boleh dibuang .

wan_ pua´ a` ti- ga_ pue´ a` , cuan_ po- the_ khi´ ciong- cit le` .
碗盤仔箸甲杯仔，全部提去沖一咧。
碗盤，筷子和杯子，全部拿去沖一沖。
Mangkok piring , sumpit dan gelas , semuanya di cuci .

chai_ ai` sue¯ ching¯ khi` liau´ au` , ciah e_ sai¯ che` .
菜愛洗清氣了後，才會使切。
菜要洗乾淨後，才可以切。
Setelah sayur dicuci bersih , baru boleh dipotong .

li¯ ka` i` cia_ moi´ bo´ ?
妳甲意喫糜沒？
妳喜歡吃稀飯嗎？
Apakah kamu suka makan bubur ?

li¯ u_ cia_ ti- bah bo´ ?
妳有喫豬肉沒？
妳有沒有吃豬肉？
Kamu ada makan daging babi tidak ?

ciah e_ chai_ ko- cai` sue` cit pai` .
這乜菜擱再洗一拜。
這些菜再沖洗一次。
Sayur-sayur ini dicuci sekali lagi dengan air .

ko¯ ciap ki¯ li¯ e_ hiau¯ su¯ yong_ be´ ?
果汁機妳會曉使用沒？
果汁機妳會用嗎？
Apakah kamu bisa pakai alat bikin jus ?

me¯ ling´ ji´ ai` che` kak , kiu¯ ai` che` si- .
馬鈴薯愛切角，薑愛切絲。
馬鈴薯要切塊，薑要切細絲。
Kentang ini mau dipotong kotak , jahe mau dipotong tipis halus .

tau´ ge¯ niu´ , kin¯ na` jit cu` e_ chai_ u_ kau` bo´ ?
頭家娘，今仔日煮乜菜有夠沒？
太太，今天煮的菜夠不夠？
Nyonya , sayur yang dimasak hari ini cukup tidak ?

li¯ na` e_ ya` be´ cia_ ?
妳那乜抑未喫？
妳為什麼還沒吃？
Kamu kenapa belum makan ?

kin¯ na` jit ai` cu` kue´ a- ni´ .
今仔日愛煮瓜仔尼。
今天要煮小黃瓜。
Hari ini mau masak timun .

yu´ be¯ bo´ a- .
油要無啊。
沙拉油快要完了。
Minyak goreng sudah hampir habis .

thai¯ thai` , am` teng` be¯ cien¯ neng- bo´ ?
太太，晚頓要煎卵無？
太太，晚上要煎蛋嗎？
Nyonya , nanti malam mau goreng telor tidak ?

yu´ sio- liau` au` , ciah kheng_ chai_ lo` e_ cha` .
油燒了後，才放菜落乜炒。
油熱了才下鍋。
Tunggu minyak sampai panas baru dimasukan .

hai¯ tua_ pai´ kut theng¯
海帶排骨湯
海帶排骨湯
Kuah tulang babi rumput laut

chai` thau´ pai´ kut theng¯
菜頭排骨湯
蘿蔔排骨湯
Kuah tulang babi lobak

Kong` wun´ theng¯
貢丸湯
貢丸湯
Kuah baso

hiun¯ ko¯ ge¯ theng¯
香菇雞湯
香菇雞湯
Sop ayam jamur

bien_ si- theng¯
扁食湯
餛飩湯
kuah pangsit

chen¯ chai_ tau_ fu- theng¯
青菜豆腐湯
青菜豆腐湯
kuah tahu sayur

kin- cam- pai´ kut theng¯
金針排骨湯
金針排骨湯
kuah tulang babi jamur

te¯ sun¯ theng¯
竹筍湯
竹筍湯
Kuah rebung

課程名稱

小孩

anak kecil

Gin¯ a` min´ a` cai_ , be¯ ca` pien_ tong- .
嬰仔明那仔，要扎便當。
小孩明天早上要帶便當。
Besok anak anak mau bawa makanan .

Tat kang¯ cai´ khi` , ai` kio_ gin¯ a` khi¯ cheng¯ , sang` gin¯ a` thak che` siong´ ha_ kho_.
逐天早起，愛叫嬰仔起床，送嬰仔讀冊上下課。
每天早上，要叫小孩起床，送小孩讀書上下學。
Tiap pagi harus bangunkan anak-anak , antar dan jemput anak ke sekolah .

Ai` e_ ki` le` kio_ gin¯ a` cia_ cai´ khi¯ , be´ sai` pien` kah bo´ cun¯ si´ .
愛乜記咧叫嬰仔喫齋起，不使變甲沒準時。
要記得叫小孩吃早餐，別遲到了。
Ingatkan anak-anak sarapan pagi , jangan terlambat kesekolah .

Ai` wui_ gin¯ a` cun¯ pi` ho_ ca¯ teng_ , che` pau¯ , jeh hoh .
愛為嬰仔準備好早頓，冊包，制服。
要為小孩準備好早餐，書包，校服。
Siapkan makan pagi anak , tas sekolah , seragam sekolah.

Lak tiam` ciah khi` kio_ gin¯ a` khi¯ cheng´ .
六點才去叫嬰仔起床。
六點鐘才去叫小孩起床。
Jam 6 pagi baru bangunkan anak

Gin¯ a` khi¯ cheng´ liau` au` , sin- khi` sue¯ bing¯ , ciah cia_ ca¯ theng` .
嬰仔起床了後，先去洗面，再喫早頓。
小孩起床後，先洗臉，然後吃早飯。
Setelah anak bangun , cuci muka dulu , baru makan pagi.

Cia_ ca¯ theng` wan´ , gin¯ a` ai` sue¯ chui_ , chit bing¯ .
喫早頓完，嬰仔愛洗喙，拭面。
用完早飯，小孩要刷牙，擦臉。
Setelah makan pagi , anak sikat gigi , lap muka

Ciap lai¯ , gin¯ a` ai` wua´ sa¯ kho_ , cheng- wu´ a` , cun¯ pi_ siong_ kho` .
再來，嬰仔愛換衫褲，穿鞋仔，準備上課。
然後，小孩要換衣服，穿鞋子，準備上學。
Kemudian , anak ganti baju , pakai sepatu , siap pergi sekolah.

E_ po¯ si_ tiam` , ai` khi` hok hau_ cia¯ gin¯ a` teng` lai` .
矮哺四點，愛去學校接嬰仔轉來。
下午四點，要去學校接小孩回家。
Jam 4 sore pergi jemput anak pulang sekolah.

Gin¯ a` teng` lai` , ai` sin- kah yi¯ sue¯ sin- khu¯ .
嬰仔轉來，愛先甲伊洗身軀。
小孩回到家，要先洗澡。
Anak sampai dirumah , mandikan terlebih dahulu.

E_ po¯ si` tiam` gua´, gin¯ a` teng` lai` liau¯ au` .
矮哺四點多，嬰仔轉來了後。
下午四點多小孩回家後，
Sore jam 4 setelah anak pulang,

E¯ sai¯ ho_ yi¯ cia_ tiam¯ sim- .
會使乎伊喫點心。
可以給他吃點心。
Boleh berikan mereka makanan ringan.

Cu` chai_ e_ si´ cun´ , be¯ sai¯ ho_ gin¯ a` lih khi` cau` kha¯ .
煮菜乜時陣，不使乎嬰仔入去灶腳。
煮菜時不可以讓小孩進去廚房。
Waktu masak sayur , tidak boleh biarkan anak kecil masuk ke dapur .

Ti- be` cia_ peng- a´ , be¯ sai¯ ho_ gin¯ a` cia_ su` siu` .
佇嘜喫飯啊，不使乎嬰仔喫四修。
要吃飯了，不要給小孩吃零食。
Sudah mau makan , jangan kasih anak kecil makan jajan .

Kin¯ khi` khua_ , gin¯ a` wui` sia´ mi` khau` ?
緊去瞰，嬰仔為啥咪哭？
快去看，小孩子為什麼哭？
Cepat lihat , mengapa anak menangis ?

Thau´ ge¯ niu´ , yi` siak pua´ to` a` .
頭家娘，伊摔搏倒啊。
太太，他摔倒了。
Nyonya , dia jatuh

Li` wui` sia´ mi` buai´ khua` ho´ tio´ gin¯ a` ?
妳為啥咪不瞰乎著嬰仔？
妳為什麼不看著小孩呢？
Mengapa kamu tidak melihat anak ?

Gua¯ ti- le` sue¯ chai_ .
我佇咧洗菜。
我在洗菜。
Saya sedang mencuci sayur

Tat gin¯ a` sue¯ thau_ cang¯ liau` au` , thau_ cang¯ ai` yong_ chue- hong- ki- chue¯ ho´ ta_ .
搭嬰仔洗頭鬃了後，頭鬃愛用吹風機吹乎乾。
幫小孩洗頭髮後，頭髮要用吹風機吹乾。
Setelah bantu anak kecil cuci rambut , rambut harus dikeringkan dengan hair dryer .

Be¯ sai¯ ho_ gin¯ a` khua` tien_ si_ siun´ ku` .
不使乎嬰仔瞰電視傷久。
不可以讓小孩看電視太久。
Tidak boleh biarkan anak kecil nonton tv terlalu lama .

Be¯ sai¯ ho_ gin¯ a` o´ peh cia_ mi- kia- .
不使乎嬰仔黑白喫咪件。
不要讓小孩子隨便吃東西。
Jangan biarkan anak kecil sembarangan makan makanan .

Si¯ ti` , peng- cu` ho` a` bo´ ? gin¯ a` pak to` yau´ a` .
西蒂，飯煮好啊沒？嬰仔八肚吆啊。
西蒂, 飯菜煮好了沒有？小孩子們肚子餓了。
Siti nasi dan sayur sudah matang belum ? anak –anak sudah lapar .

Ai` ge_ phue_ gin¯ a` seng` , ma` ai` the´ chen` yi´ co` kong¯ kho` .
愛多陪嬰仔玩，嘜愛提醒伊作功課。
要常常陪小孩子玩，也要提醒他做功課。
Harus sering-sering temani anak kecil bermain , juga harus ingatkan dia mengerjakan PR.

Tui_ tai_ gin¯ a` ai` u_ nai_ sing` .
對待嬰仔愛有耐性。
對小孩要有耐性。
Terhadap anak kecil , harus ada kesabaran (berjiwa sabar)

Ge´ kah gin¯ a` seng` , in¯ wui´ gin¯ a` ka` yi¯ li` ko` cu` e_ cin´ hua´ hi` .
多甲嬰仔玩，因為嬰仔卡意妳雇主會真歡喜。
常常和小孩玩，因為小孩要跟妳親近雇主會很高興。
Sering-sering dengan anak kecil bermain , karena kalau anak kecil dekat dengan kamu , maka majikan akan senang .

Gin¯ a` e_ chit tho´ mi` a` , be` kheng` e_ to- wui´ ?
嬰仔乜企逃咪啊，要放乜叨位？
小朋友的玩具要放在哪裡？
Mainan anak kecil harus taruh di mana ?

Gin¯ a` e_ chit tho- mi` a` , ai` kheng` teng¯ khi` wuan ´ wui_
嬰仔乜企逃咪啊，愛放轉去原位。
小朋友的玩具要收回歸位。
Mainan teman kecil harus dikembalikan ke tempatnya semula .

Si¯ ti` , ti- ti¯ e_ bo` a` kah chiu¯ kin¯ a_ li¯ kheng` ti- to- wui´ ?
西蒂，弟弟乜帽仔甲手巾仔妳放佇叨位？
西蒂 ,弟弟的帽子和手帕妳放在哪裡？
Siti , topi dan sapu tangan adik laki-laki kamu taruh dimana ?

Si¯ ti` , ko- ko¯ sia´ mi- si´ cun´ teng` lai` , u_ cia_ peng- bo´ ?
西蒂，哥哥啥咪時準轉來，有喫飯沒？
西蒂，哥哥什麼時候回來？有沒有吃飯？
Siti , kapan abang kembali ? ada makan nasi tidak ?

Chua_ gin¯ a` jun_ lau¯ thui¯ lo` lau¯ thui¯ ai` se` ji` , ban_ ban- a` gia´ .
娶嬰仔就樓梯落樓梯愛細字，慢慢啊行。
帶小孩上下樓梯要小心，慢慢走。
Bawa anak kecil , naik turun tangga harus hati-hati , jalan pelan-pelan .

Muai¯ muai` khu¯ khu` sau` , ai` ta- thai¯ thai` kong` .
妹妹庫庫嗽，愛搭太太講。
妹妹咳嗽，要告訴太太。
Adik perempuan batuk , harus beritahu nyonya .

Gin¯ a` hua_ sio¯ la` , ta- yi´ sin- khu¯ chit chit e` toh ho` a` .
嬰仔發燒啦，搭伊身軀拭拭乜度好啊。
小孩發燒，幫他擦澡就好了。
Anak kecil demam , bantu dia lap badan saja .

Muai¯ muai` e` peh bue´ a` , li¯ kheng` e_ toh wui` ?
妹妹乜白襪仔，妳放乜叨位？
妹妹的白色襪子妳放在哪裡？
Kaos kaki putih adik perempuan kamu taruh di mana ?

Be¯ sai¯ pha` gin¯ a` , cai¯ yia` bo´ ?
不使拍嬰仔，知影無？
不可以打小孩子，知道嗎？
Tidak boleh pukul anak , tahu tidak ?

Sui´ si´ ai` cu´ yi´ gin¯ a` e_ an- cuan´ .
隨時愛注意嬰仔乜安全。
隨時要注意小孩的安全。
Harus selalu memperhatikan keselamatan anak kecil .

Sang` gin¯ a` khi¯ po¯ sit pan¯ .
送嬰仔去補習班。
送孩子到補習班。
Antarkan anak-anak ke tempat ngeles .

Po¯ sit pan¯ hak kho` liau` au` , ai` khi` cia¯ yi- .
補習班下課了後愛去接伊。
補習班下課後要去接他。
Pulang ngeles harus dijemput .

ta_ gin¯ a` cun´ pi_ tiam¯ sim- .
搭嬰仔準備點心。
給孩子準備點心
berikan anak makan snack/ makanan ringan

Be` lo` ho´ la` , ai` e_ ki¯ e_ tua` ho- sua` .
要落雨啦，愛乜記乜帶雨傘。
要下雨了，記得帶雨傘。
Hari sudah mau hujan , ingat bawa payung .

Gin¯ a` u_ ing- gi` kah wue´ to¯ pan- ai` thak .
嬰仔有英語甲畫圖班愛讀。
孩子有美語及繪畫課要上。
Anak-anak ada pelajaran inggris dan menggambar .

Ci´ thak pua` kang¯ , ai` cia¯ yi´ hak kho` .
只讀半剛，愛接伊下課。
只上半天課，要接他放學。
Hari ini sekolah setengah hari jangan lupa pergi jemput anak-anak .

Kham- tiu_ yi´ , be¯ sai¯ ho_ gin¯ a` cau¯ bo´ .
牽著伊，不使乎嬰仔走無。
牽著他，別讓孩子走丟。
Gandeng dia , jangan sampai hilang

Sa¯ lak sak ai` wua´ .
衫落圾愛換。
衣服髒要換。
Ganti baju yang kotor

Gin¯ a` co` em_ tio- , li¯ be¯ sai¯ pha` yi´ , ma` yi¯ .
嬰仔作沒對，妳不使帕伊，罵伊。
小孩做不對，妳不要打他，罵他。
Kalau anak salah , kamu boleh marah dia , tidak boleh pukul .

Ta_ gua¯ kong` , gua¯ lai´ chu¯ li` .
搭我講，我來處理。
告訴我，我來處理。
Beritahukan saya , saya yang mengatasi

課程名稱

嬰 兒

bayi

Ang- in- a` lau- chui` nua_ , ai` kah yi- we´ wei´ tuo- .
紅嬰仔流嘴瀾，要甲伊圍圍兜。
小孩子流口水，要幫他圍圍兜。
Bayi ngiler pasang celemek-ilernya .

Huat sio- sa- cap pueh to- pua` , ca- e_ sai¯ cia_ thue` sio- e_ yoh a` .
發燒三十八度半，才會使喫退燒乜藥啊。
發燒三十八度半，才可以吃退燒藥。
Panas sampai 38 setengah derajat , baru boleh minum obat turun panas .

Be¯ sai¯ yong_ li¯ ka¯ gi- e_ ti- , theng¯ si´ a` chi- gin¯ na` .
不使用妳個己乜箸，湯匙仔飼嬰仔。
不可以用妳自己的筷子，湯匙餵小孩子。
Tidak boleh pakai sumpit , sendok sendiri menyuapin anak kecil .

nai_ phing´ ai` yong_ lu¯ a- lu` ho` ching- khi` .
奶瓶愛用攄仔攄乎清氣。
奶瓶要用刷子刷乾淨。
Botol susu harus disikat yang bersih dengan sikat .

be´ sai` ho- gin¯ na` ta- mi- kia- kheng` lit chui` lai` .
不使乎嬰仔搭咪件放入嘴內。
不可以讓寶寶把東西放進嘴巴裡。
Tidak boleh biarkan bayi memasukkan barang ke dalam mulut .

kui¯ tiam¯ ceng- ai` chi- gin¯ na` lim¯ cit pai` ne_ ?
幾點鐘愛飼嬰仔lim 一拜奶？
幾個小時該餵嬰孩喝一次奶？
Berapa jam sekali harus suapi bayi minum susu ?

mui´ si_ tiam¯ ceng- ai` chi- gin¯ na` lim¯ cit pai` ne_ .
每四點鐘愛飼嬰仔lim 一拜奶。
每四個小時要餵寶寶喝一次奶。
Setiap 4 jam sekali mau suapi bayi minum susu .

si´ kam- kau` a´ ciah e_ sai¯ chi- gin¯ na` lim¯ ne_ .
時間到啊才會使飼嬰仔lim 奶。
時間到了才可以餵寶寶喝奶。
Sudah waktunya baru boleh suapi bayi minum susu .

gu´ lin´ em_ thong- phau` ga- siung´ sio- , siung´ am` , siung´ kau´ .
牛奶不統泡卡傷燒，傷暗，傷厚。
泡牛奶不要太燙，太稀或太濃。
Seduh susu tidak boleh terlalu panas , terlalu encer atau terlalu kental .

gin¯ na` lim¯ ho- gu´ lin´ liau` au` , ai` ta- yi¯ e_ kha-chiah phia` pha- pha¯ e_ .
嬰仔lim 好牛奶了後，愛搭伊乜腳甲拼拍拍乜。
寶寶喝完奶要拍背。
Setelah bayi habis minum susu harus tepuk punggung .

tai´ wan´ e_ gin¯ na` em_ si_ cuan´ po- yong_ sap bun ´ sue` sin- khu- e_ .
台灣乜嬰仔不是全部用雪文洗身驅乜
在台灣的嬰兒不是全部用肥皂洗澡的。
Bayi di taiwan tidak semuanya mandi pakai sabun .

gin¯ na` sue` sin- khu- liau` au` , gin¯ na` e_ sa¯ ko` ai` ti_ ciah yong_ chiu` sue` .
嬰仔洗身軀了後，嬰仔乜衫褲愛直接用手洗。
嬰兒洗澡後，嬰兒的衣服要直接用手洗。
Setelah bayi mandi , bajunya harus langsung dicuci dengan tangan .

cit teng´ si´ gu´ lin´ hun` ai` kheng` gua´ cue_ kun¯ cui` ?
一湯匙牛奶粉愛放多少滾水？
一湯匙奶粉要放多少開水？
Satu sendok susu bubuk taruh berapa banyak air ?

ciau` ko` gin¯ na` ai` e_ ki` le_ cia_ ne_ e_ si´ kan- ga_ kiam- ca´ lio_ cu´ a` .
照顧嬰仔愛乜記咧喫奶乜時間甲檢查尿珠仔。
照顧小孩要記得吃奶時間及檢查尿布。
Menjaga anak kecil harus ingat waktunya minum susu dan sering memeriksa popok .

mui´ cit tiam` chiong- lung` ai` kiam- ca´ lio_ cu´ a` .
每一點鐘攏愛檢查尿珠仔。
每個小時要檢查尿布。
Setiap jam harus periksa popok .

ta- gin¯ na` sue¯ sin- khu- si´ ai` yong_ wun- cui` , be´ sai¯ siung´ sio¯ .
搭嬰仔洗身軀時愛用溫水，不使傷燒。
幫嬰兒洗澡要用溫水，不可以太燙。
Bantu bayi mandi harus pakai air hangat , tidak boleh terlalu panas .

sue¯ sin- khu- e_ cui` be´ sai¯ siun´ sio¯ , ai` sin- kheng` ling¯ cui` , ciah kheng` sio- cui` .
洗身軀乜水不使傷燒，愛先放冷水接放燒水。
洗澡水不可以太燙，先放冷水再放熱水。
Air untuk mandi tidak boleh terlalu panas , taruh air dingin dulu baru taruh air panas .

gin¯ na` pang` lio- a` , kim¯ ta- yi¯ wua¯ lio_ cu´ a` .
嬰仔放尿啊，緊搭伊換尿珠仔。
小孩小便了快幫他換尿布。
Anak kecil sudah buang air kecil , cepat bantu dia ganti popok .

chi_ gin¯ na` cia_ gu´ lin´ ai` se` ji_ .
飼嬰仔喫牛奶愛細字。
餵寶寶喝牛奶要小心。
Suapi bayi minum susu harus hati-hati .

phau` gu´ lin´ be´ sai` phau` siun´ cue- ma` be´ sai` siun´ cio` .
泡牛奶不使泡傷多馬不使傷少。
沖牛奶不可以太多也不可以太少。
Seduh susu tidak boleh terlalu banyak juga tidak boleh terlalu sedikit .

be¯ sai¯ ho_ gin¯ na` cia_ chiu¯ ci` .
不使乎嬰仔吃手指。
不要讓嬰兒吸手指。
Jangan biarkan bayi ngedot jari tangan .

gin¯ na` wui` sia´ mi- khau` , si_ em_ si- pak to` yau¯ a` .
嬰仔為啥咪哭？是不是八肚吆啊。
嬰兒為什麼哭？是不是肚子餓了？
Bayi mengapa menangis ? apakah lapar ?

wui` sia´ mi- khau` ga- cia` ni_ li_ hai- .
為啥咪哭卡這呢厲害。
為什麼哭得那麼厲害？
Kenapa dia nangis terus ?

ka- sue` sia´ cit le` , em_ thong- kia¯ tio_ gin¯ na` .
卡小聲一咧，不統驚著嬰仔。
小聲一點不要嚇到寶寶。
Suaranya jangan terlalu keras jangan sampai bayi kaget .

be¯ sai¯ ho_ gin¯ na` kheng` mi- kia- ti- le` chui` lai` .
不使乎嬰仔放咪件佇咧嘴內。
不要讓寶寶放東西在嘴裡。
Jangan membiarkan bayi masukkan barang ke mulut .

gin¯ na` cu` sia_ so´ yi¯ u_ tan` po- a` huah sio- .
嬰仔注射所以有淡薄啊發燒。
寶寶打預防針所以會有點發燒。
Bayi habis suntik imunisasi mungkin akan panas badannya .

tien_ hong- be´ sai` hiong` tio_ gin¯ na` chue¯ .
電風不使向著嬰仔吹。
電風扇不要對著寶寶吹。
Kipas angin jangan langsung diarahkan ke bayi .

gin¯ na` ang´ kha- chung´ a` , ai` si´ siong´ wua_ lio` cu´ a` .
嬰仔紅腳穿啊，愛時常換尿珠仔。
寶寶紅屁股了，要常換尿布。
Pantat bayi merah-merah , harus sering ganti popok .

ling` khi` mai` khui- siun´ kiong´ , gin¯ na` e_ kua´ .
冷氣麥開傷強，嬰仔會寒。
冷氣不要開太強，寶寶會冷。
Ac jangan terlalu kencang nanti bayinya kedinginan .

gin¯ na` khau` a_ , li¯ toh ai` khi` ta- khua` .
嬰仔哭了，妳都愛去搭看
小孩哭了，妳就要去看看他。
Kalau anak menangis , kamu harus melihatnya

si_ em_ si- pak to_ yau¯ a_ .
是em 是腹肚餓啊。
是不是餓了呢？
Apakah lapar ?

si_ em_ si- pang` sai` la_ .
是em 是放屎啦。
是不是拉尿了呢？
Apakah buang air ?

si_ em_ si- be´ song` khuai_ ?
是em 是沒爽快？
是不是不舒服呢？
Apakah tidak enak badan ?

si_ em_ si- ho_ kia¯ tio_ la_ ?
是em是乎驚到啦？
是不是害怕了？
Apakah takut ?

pau` gu´ lin´ ho_ yi¯ lim¯ .
泡牛奶乎伊lim。
沖奶給他喝。
Buatkan susu untuknya .

ni¯ kuan` a` , ni¯ chui` a` ai` yong_ sio- cui` theng` .
奶罐仔，奶嘴仔愛用燒水燙。
奶瓶，奶嘴要用熱水燙。
Botol susu , dot harus dipanaskan dengan air panas.

lio_ cu´ a` tam´ a` , ai` ma¯ siong´ wua_ .
尿珠仔濕啊，愛馬上換。
尿布溼了，要立刻換。
Popok sudah basah , harus segera diganti

gin¯ na` e_ chiong¯ ga_ teng´ a` , li¯ ai` ta- yi¯ ka¯ .
嬰仔乜踵甲長啊，妳愛搭伊剪。
小孩的指甲長了，妳要幫他剪。
Kuku anak sudah panjang , kamu harus bantu gunting

pau` gu´ lin´ ho_ gin¯ na` si´ cun´, ai` sin- sue¯ chiu` .
泡牛奶乎嬰仔時準，愛先洗手。
沖奶給小孩的時候，要先洗手。
Saat buat susu untuk anak, tangan dicuci terlebih dahulu

ai` yong_ wun_ cui` ho_ gin¯ na` sue¯ sin- khu- .
愛用溫水乎嬰仔洗身軀。
要用溫水給小孩洗澡。
Mandikan anak pakai air hangat

ne- kuan` a` sue¯ ching- khi` au` , ai` siau- toh .
奶罐仔洗輕氣後愛消毒。
奶瓶洗乾淨後要消毒。
Setelah dicuci yang bersih botol susu disteril

ga- ka- gin¯ na` seng` .
多甲嬰仔玩。
多和寶寶玩。
Banyak bermain bersama anak

mai` ho_ gin¯ na` si´ siong´ cia_ ne- chui¯ a` .
麥乎嬰仔時常喫奶嘴仔。
不要讓寶寶常常吃奶嘴。
Jangan biasakan anak makan dot

ho_ gin¯ na` ge- lim¯ cui` .
乎嬰仔多lim 水。
讓寶寶多喝水。
Biasakan anak untuk banyak minum air

hun` lien´ gin¯ na` ka- gi- pang` lio_ pang` sai` .
訓練嬰仔家己放尿放屎。
訓練寶寶自己大小便。
Biasakan anak untuk buang air besar dan kecil sendiri

gin¯ na` khai- si¯ cia_ hu` si´ phing´ la` .
嬰仔開始喫副食品啦。
寶寶開始吃副食品了。
Anak mulai makan makanan tambahan

gin¯ na` u_ huat sio¯ bo_ ?
嬰仔有發燒沒？
寶寶有發燒嗎？
Apakah anak ada sakit panas?

課程名稱

客廳

ruang tamu

sio´ cia` , li` be` lim¯ sia´ mi- ?
小姐，妳要lim 啥咪？
小姐，您要喝什麼？
Nona, kamu mau minum apa ?

Ho_ gua¯ cit pue- ga- bi- .
乎我一杯咖逼。
給我一杯咖啡。
Beri saya 1 gelas kopi.

Chia¯ meng- li¯ be` lim¯ kau- e_ ya` si_ lim¯ po- e_ ?
請問妳要lim 厚乜抑是lim 薄乜？
請問您喝濃的還是淡的？
Kamu mau minum yang kental atau yang tawar ?

Be` ka- gu´ lin´ bo´ ?
要加牛lin 無？
加牛奶嗎？
Apakah tambah susu ?

Ka- tan` po- a` .
加淡薄啊。
加一點點。
Tambah sedikit .

Sio¯ cia` , gua¯ thia¯ bo´ , chia¯ li¯ kong¯ ka_ ban_ cit le` .
小姐，我聽不，請妳講較慢一咧。
小姐我聽不懂，請妳說慢一點。
Nona , saya tidak mengerti , tolong anda bicara pelan sedikit .

Sio¯ cia` , ai` gua¯ pang¯ mang´ bo` ?
小姐，愛我幫忙無？
小姐，需要我幫忙嗎？
Nona , perlu saya bantu tidak ?

Thai¯ thai` , li¯ be` lim¯ sia´ mi- ?
太太，妳要lim 啥咪？
太太，您喝什麼？
Nyonya , kamu mau minum apa ?

Cit pue¯ sio´ teh .
一杯燒茶。
一杯熱茶。
1 gelas teh panas.

Be` kau´ e_ ya` si` be` po- e_ ?
要厚乜抑是要薄乜？
要濃茶還是淡茶？
Mau teh yang kental atau teh yang tawar ?

Po- e_ teh .
薄乜茶，
淡茶。
Teh tawar

Bo´ sio- kun¯ cui` a` , kin- khi` cu` .
沒燒滾水啊，緊去煮。
沒有開水了，快去煮。
Tidak ada air , cepat masak lagi .

Thau´ ge¯ , li¯ be¯ lim¯ teh bo` ?
頭家，你要lim 茶無？
先生，您要不要喝茶？
Tuan, kamu mau minum teh ?

Be` , ho` gua¯ cit pue¯ teh .
要，乎我一杯茶。
要，給我一杯茶。
Mau , beri saya 1 gelas teh.

Thau´ ge¯ , li¯ ci` ma` be` cia_ peng- bo` ?
頭家，你這嘛要喫飯沒？
先生，您要不要現在用餐？
Tuan, mau makan sekarang ?

Ben¯ , to¯ sia_ , gua¯ sio¯ tam` cit le` ciah cia_ .
免，多謝，我稍等一咧才喫。
不要，謝謝，我等一下再用餐
Tidak mau , terima kasih , sebentar lagi baru makan.

Thau´ ge¯ , su´ yau` gua¯ tau` sio´ kang- bo` ?
頭家，需要我倒相工無？
先生需要我幫嗎？
Tuan , apakah butuh bantuan saya ?

Thai¯ thai` , chia¯ lim¯ ping¯ cui` .
太太，請lim 冰水。
太太，請喝冰水。
Nyonya , silahkan minum air dingin .

Gua¯ bai´ ping¯ cui` , ta- gua¯ wua` cit pue¯ ko¯ ciap .
我不要冰水，搭我換一杯果汁。
我不要冰水，給我換杯果汁。
Saya tidak mau air dingin, berikan saya jus.

Li¯ siong´ be` lim¯ sia´ mi- ko¯ ciap ?
妳想要lim 啥咪果汁？
您要喝什麼果汁？
Mau minum jus apa ?

liu´ ting¯ ciap .
柳丁汁
柳橙汁
jus jeruk.

sih le` , liu´ ting¯ ciap bo´ a` .
失禮，柳丁汁沒啊。
對不起，柳橙汁沒有了。
Maaf , jus jeruk sudah habis.

thau´ ge¯ niu´ cin- kah yi` khua` cap ci_, tan` si_ thau´ ge¯ ai` khua` po` cua` .
頭家娘真甲意看雜誌，但是頭家愛看報紙。
太太很喜歡看雜誌，但是先生喜歡看報紙。
Nyonya sangat suka membaca majalah , tapi tuan sangat suka membaca koran .

ta- tien_ si_ e_ sian¯ in- kuai- kah sue_ cit le` .
搭電視乜聲音關卡小一咧。
把電視機的聲音關小一點。
Suara TV dikecilkan sedikit .

an` ne` ke¯ yi` bo´?
按乃可以無？
這樣可以嗎？
Segini boleh ?

koh khah` sue` siang¯ cit le` .
擱卡小聲一咧。
再小聲一點。
Kecil sedikit lagi.

koh khak` tua´ siang¯ cit le` .
擱卡大聲一咧。
再大聲一點。
Keras sedikit

ta- gua¯ chi_ te¯ sa- tai´ .
搭我試第三台。
幫我按第三台。
Bantu saya tekan chanel 3 .

ling¯ khi` e_ yau´ khung` chi` , li¯ e_ hiau´ su´ yong_ bo´ ?
冷氣乜遙控器妳乜曉使用無？
冷氣機的遙控器妳會用嗎？
Apakah kamu bisa pakai remote ac ?

gua¯ bo´ khua` tio_ sio¯ cia` e_ chiu¯ pio_ a` .
我無看到小姐乜手表仔。
我沒有看到小姐的手錶。
Saya tidak melihat jam tangan nona .

khi` ta- gua¯ the_ kong¯ su_ pau- lai´ .
去搭我提公事包來。
去幫我拿公事包來。
Tolong ambilkan tas kerja saya

thau´ ge¯ , kong¯ su_ pau- kheng` ti_ to´ wui` a- ?
頭家，公事包放佇叨位啊？
先生，公事包放在哪裡？
Tuan , tas kerjanya ditaruh dimana ?

ti- le` khe` thia¯ .
佇咧客廳。
在客廳
Di ruang tamu

thau´ ge¯ , gua¯ che_ bo´ .
頭家，我找無。
先生，我找不到。
Tuan , saya tidak dapat menemukannya

be´ yau` kin- , gua¯ khi_ the_ .
沒要緊，我去提。
沒關係，我去拿。
Tidak apa-apa , saya pergi ambil.

u´ khua` tio_ gua¯ e_ bak kia_ bo´ ?
有看著我乜目鏡無？
看見我的眼鏡了嗎？
Apakah kamu melihat kacamata saya ?

ti- le` tien_ si_ pi¯ a` , khi` ta- gua¯ the_ lai` .
佇咧電視邊仔，去搭我提來。
在電視旁邊，去幫我拿來。
Disamping TV , tolong ambilkan .

chia¯ meng´ sien- si- kui` si` tua` mia´ ?
請問先生貴姓大名？
請問先生貴姓？
Numpang tanya , marga tuan apa ?

li¯ pai` heng_ ti` kui` ?
妳排行第幾？
妳排行第幾？
Kamu anak ke berapa ?

li` e´ hiau¯ kong¯ tai´ gi` bo´ ?
妳會曉講台語無？
妳會講台語嗎？
Apakah kamu bisa berbahasa Taiwan (Hokkian)?

u_ khua` tio_ gua¯ e_ chia- so´ si´ bo´ ?
有看著我乜車鎖匙無？
看見我的車鑰匙嗎？
Apakah kamu melihat kunci mobil saya?

ci` le` mi- kia- tai´ gi` kio` co` sia- mi` ?
這咧咪件台語叫作啥咪？
這個東西台語叫做什麼？
Barang ini bahasa hokiannya disebut apa ?

li¯ chai¯ yia` bo´ ?
妳知影無？
妳明白了嗎？
Apakah kamu sudah mengerti ?

li¯ u_ kui¯ e_ hia´ ti_ cie_ be` ?
妳有幾個兄弟姊妹？
妳有幾個兄弟姊妹？
Kamu ada berapa orang saudara ?

課程名稱

應　門

menjawab

Chia¯ meng_ , li¯ be_ che_ sia¯ lang´ ?
請問，你麥找啥人？
請問，您找誰？
Numpang tanya, kamu mau mencari siapa ?

tam´ sin- si_ ti_ e_ chu_ e´ bo´ ?
陳先生佇乜厝乜無？
陳先生在家嗎？
Tuan Chen ada dirumah ?

chia¯ meng_ , li¯ kuei` si_ thua´ mia´ ?
請問，你貴姓大名？
請問，您貴姓大名？
Numpang tanya apa marga anda ?

gua¯ si_ ong´ , gua¯ si_ tam´ sin- si_ e_ tong_ su- .
我姓王，我是陳先生乜同事。
我姓王，我是陳先生的同事。
Marga saya Wang , saya teman kantor tuan Chen.

chia¯ li¯ sio¯ tam` cit le` .
請你稍等一咧。
請您等一下。
Silakan anda tunggu sebentar.

thau´ ge¯ , wua` khau` u_ cit le` ong´ sin- si_ be¯ che_ li¯ .
頭家，外口有一咧王先生袂找你。
先生，外面有位王先生找您。
Tuan, diluar ada tuan Wang yang cari.

kua¯ kin` khui- meng´ chia¯ i¯ lip lai_ .
趕緊開門請伊入來。
趕快開門請他進來。
Cepat buka pintu dan persilahkan dia masuk .

ong´ sin- si_ chia¯ lip lai_ , chia¯ cheng- chien´ thua´ .
王先生請入來，請穿淺拖。
王先生請進。請穿拖鞋。
Silahkan masuk tuan Wang, silahkan pakai sandal .

ong´ sin- si_ , li¯ siun- be´ lim¯ teh ya` si_ lim¯ ga- bi- ?
王先生，你想袂lim 茶抑是lim 咖逼？
王先生，您想喝茶還是喝咖啡？
Tuan Wang , anda mau minum teh atau kopi?

chin` chai` , ga- bi- ya` si_ teh lung´ e_ sai` .
趁菜，咖逼抑是茶攏會使。
隨便，咖啡或是茶都可以。
Terserah , apa saja boleh .

si¯ ti` , a_ ne_ toh lai´ neng- pue- ga- bi- .
西蒂，啊捏度來二杯咖逼。
西蒂，那就來兩杯咖啡好了。
Siti , berikan 2 gelas kopi.

sin- si- , ga- bi- lai´ a` , ya` su´ yau` sia¯ me_ mi- kia- bo_ ?
先生，咖逼來啊。抑需要啥咩咪件沒？
先生，咖啡來了。還需要什麼嗎？
Tuan,ini kopinya . masih perlu apa lagi ?

bo´ a` , to- sia` li¯ .
沒啊，多謝妳。
沒有了，謝謝妳。
Tidak ada , terima kasih.

Wei´ , li` ho` bo´ ?
喂，你好無？
喂，你好嗎？
Hello , apa kabar ?

Chia¯ meng_ , li¯ be¯ chue_ sia` lang´ ?
請問，你要找啥人？
請問，您找誰？
Numpang tanya ,anda cari siapa ?

To¯ wui` chue_ ?
叨位找？
誰在找？
Siapa yang cari?

Chia¯ tan` cit le`
請等一咧
請等一下
Mohon tunggu sebentar

Yi´ bo´ ti- le`
伊無佇咧
他不在
Dia tidak ada

Chia¯ lau´ wue-
請留話
請留話
Mohon tinggalkan pesan

Chia¯ meng_ , li¯ kui` se` ?
請問，你貴姓？
請問，您貴姓？
Numpang tanya , marga anda apa ?

Chia¯ meng_ , li¯ e_ tien_ we´ kui¯ ho´ ?
請問，你乜電話幾號？
請問，您的電話號碼多少？
Numpang tanya , nomor telepon anda berapa ?

Bo´ bun´ te´ , gua¯ e_ ka_ yi´ kong`
無問題，我乜跟伊講
沒問題，我會告訴他
Baik , saya akan memberitahu dia

U_ lang´ kha` tien_ wue- chue_ li-
有人扣電話找你
有人打電話找您
Ada orang telepon cari anda

U_ tai_ ci_ kau¯ tai` bo´?
有代誌交代無？
有事情交代嗎？
Apakah ada pesan ?

Ya` u_ pa_ e_ tai_ ci` bo´ ?
抑有別乜代誌無？
還有別的事情嗎？
Apakah masih ada urusan lain ?

Tang´ si´ teng` lai´ ?
當時轉來？
什麼時候回來？
Kapan kembali ?

U_ lang- ke` lai´ , chia¯ lang- ke` lip lai´
有人客來，請人客入來
有客人來，請客人進來
Ada tamu datang , persilahkan tamu masuk

Cio¯ ho_ lang- ke`
招呼人客
招呼客人
Melayani tamu

The´chien¯ thua¯ ho_ lang- ke` cheng-
拿淺拖乎人客穿
拿拖鞋給客人穿
Ambil sandal kasih tamu pakai

課程名稱

睡 房

kamar tidur

lip lai´ khun` pang´ , na` e_ sai¯ bo_ long` meng´ cit le` ?
入來睏房，那會使無弄門一咧？
進入睡房，怎麼不敲房門呢？
Mengapa tidak mengetuk pintu, kalau masuk ke kamar tidur ?

sit le` , gua¯ be´ ki` a_ .
失禮，我沒記啊。
對不起，我忘記了。
Maaf , saya lupa .

au¯ pai` lip lai` , ai` sin- long` meng´ .
後拜入來，愛先弄門。
下次進來，要先敲門。
Lain kali ketuk pintu dulu, baru masuk.

pang¯ kin- lai_ e_ mi- kia- , li¯ ceng- li` liau¯ au` , lung ´ ai` kheng` teng` khi` uan´ lai´ e_ so´ cai¯ .
房間內乜咪件，妳整理了後，攏愛放轉去原來乜所在。
房間裡的東西，妳整理完後，都要放回原處。
Barang yang ada dalam kamar, setelah dibereskan harus di letakkan kembali ketempat asal mulanya.

gua¯ e_ ki` le` .
我會記咧。
我記住了。
Saya sudah ingat .

thai¯ thai` , cheng- tua´ , chim´ thau¯ po` , gua´ ku` ai` sue` cit pai_ .
太太，床單，枕頭布，寡久愛洗一拜。
太太，床單，枕頭套，多久要洗一次？
Nyonya,seprei ,sarung bantal , berapa lama sekali dicuci ?

cit le` pai¯ sue` cit pai_ .
一禮拜洗一拜。
一個星期洗一次。
1 minggu sekali dicuci.

thang- a- meng´ po` e_ ?
窗仔門布乜？
窗簾呢？
Bagaimana gorden ?

cit ko_ ge- sue` cit pai_ .
一個月洗一拜。
一個月洗一次。
Satu bulan cuci sekali .

pang´ kin- cing- li` liau_ au` , ai` e_ ki` e_ ga- meng´so´ ho´ ho_ .
房間整理完了後，愛乜記乜甲門鎖乎好。
房間整理完後，記得要把門瑣好。
Setelah bereskan kamar , ingat pintu harus ditutup kembali .

thai¯ thai` , ciam¯ kheng` le` to- wui´ ?
太太，針放咧叨位？
太太，針放在哪裡？
Nyonya , jarum ditaruh dimana ?

li¯ the_ ciam¯ lai´ be` cong` sia¯ mi- ?
妳提針來麥衝啥咪？
妳要針來做什麼？
Kamu mau jarum buat apa ?

gua¯ e_ sa¯ phua` a_ .
我乜衫破啊。
我的衣服破了。
Baju saya robek .

sio´ tam` cit e_ , gua¯ ciah khi` the_ ho_ li¯ .
稍等一乜，我再去提乎妳。
一會兒，我去拿給妳。
Sebentar , saya ambilkan buat kamu.

thai¯ thai` , li¯ ta-gua¯ kong¯ kheng` e_to-wui´ , gua¯ ka-gi-khi` the_ .
太太，妳搭我講放乜叨位，我家己去拿。
太太，您告訴我放在哪裡，我去拿。
Nyonya, beritahukan saya saja taruh dimana , saya ambil sendiri.

ti_ le´ khe` tia´ e_ thua´ a` lai_ .
佇咧客廳乜拖仔內。
在客廳的抽屜。裏
Dilaci ruang tamu .

gua¯ e_ liu´ a` lak` khi` a´ , li¯ sun` sua` ta-gua¯ po` , ho_ bo_ ?
我乜鈕仔落去啊，妳順煞搭我補，好無？
我的鈕扣掉了，妳順便幫我補，好嗎？
Kancing baju saya lepas , sekalian kamu jahitkan , boleh ?

thai¯ thai` , ya` u_ pa` le` kau- tai` bo_ ?
太太，抑有別咧交代無？
太太，還有吩咐嗎？
Nyonya , masih ada yang mau disuruh tidak ?

u_ khua` tio_ gua¯ e_ bei´ a` bo_ ?
有看著我乜襪仔無？
有看見我的襪子嗎？
Apakah melihat kaus kaki saya ?

bo´ khua` tio_ .
無看著。
沒看見。
Tidak melihat.

khi` ta- gua¯ che´ lai´ .
去搭我找來。
去幫我找來。
Tolong carikan.

Thi¯ khi` pien` ling` a` , na` e_ bo´ ge¯ cheng- cit nia¯ sa¯ .
天氣變冷啊，那會沒加穿一領衫？
天氣冷了，怎麼沒多穿衣服呢？
Cuaca dingin , mengapa tidak menggunakan baju lebih ?

gua¯ bo´ ca` lai` .
我沒吒來。
我沒有帶來。
Saya tidak membawanya.

ce` nia´ sa¯ li¯ u_ ga` yi` bo_ ?
這領衫妳有合意無？
這件衣服妳喜歡嗎？
Apakah kamu suka baju ini ?

ce` nia´ sa¯ ho_ li¯ cheng- , ga` yi` bo_ ? hap sin- bo_ ?
這領衫乎妳穿，甲意無？合身無？
這件給妳穿，喜歡嗎？合身嗎？
Ini untuk kamu pakai , suka tidak ? pas tidak ?

to_ sia` , gua¯ cin- ga` yi` .
多謝，我真甲意。
謝謝，我很喜歡.
Terima kasih , saya sangat menyukainya.

課程名稱

招呼客人

menyapa tamu

U_ lang´ ti- chi_ tien_ ling´ , li¯ khi` khui- meng´ .
有人佇擠電鈴，妳去開門。
有人按門鈴，妳去開門。
Ada orang pencet bel,kamu tolong buka pintu .

Lang¯ ke` lai´ si´ cun´ , be´ sai¯ pia` sau` .
人客來時準，不使拼掃。
客人來時，不可以打掃。
Waktu tamu datang , tidak boleh menyapu .

Lang¯ ke` a` be´ cia¯ pa` , be´ sai¯ siu- wua¯ ti- .
人客啊沒喫飽，不使收碗箸。
客人還沒有吃飽，不可以收拾碗筷。
Sebelum tamu meninggalkan meja makan tidak boleh membereskan mangkok sumpit .

u_ lang- ke` lai´ si´ , ai` cu¯ tong- to` teh ho_ lang- ke` lim¯ .
有人客來時，愛主動倒茶乎人客lim .
有客人來時，要主動倒茶給客人喝。
Waktu ada tamu datang , harus inisitatif tuang teh kasih tamu minum .

tui` lang- ke` ai` u_ le¯ so` .
對人客愛有禮數。
對客人要有禮貌。
Terhadap tamu harus sopan .

na` u_ lang- ke` lai´ , ai` hiong` lang- ke` tin` thau´ , chio- ho- lang- ke` .
那有人客來，愛向人客陣頭招呼人客。
有客人，要跟客人點點頭招呼客人。
Ada tamu datang , harus mengangguk-anggukkan kepala kepada tamu , menyapa tamu .

chia¯ lang- ke` li` lai` , the_ chien´ thua´ ho_ lang- ke` cheng- .
請人客入來，提淺拖乎人客穿。
請客人進來，拿拖鞋給客人穿。
Persilahkan tamu masuk , ambil sandal kasih tamu pakai .

phang´ teh ho_ lang- ke` lim¯ , chia¯ lang- ke` lim¯ teh .
捧茶乎人客lim ，請人客lim茶。
端茶給客人喝，請客人喝茶。
Menyuguhkan teh kasih tamu minum , persilahkan tamu minum .

kin- na` jit u_ lang- ke` lai´ , pang_ chai_ ai` ge_ cu` jit le` .
今仔日有人客來，飯菜愛多煮一咧。
今天有客人來，飯菜要煮多一點。
Hari ini ada tamu datang , nasi dan sayur harus masak banyakan sedikit .

the_ cui¯ ko` ho_ lang- ke` cia_ .
提水果乎人客喫。
拿水果給客人吃。
Ambil buah-buahan untuk tamu .

the_ sia¯ mi- cui¯ ko` ?
提啥咪水果？
拿什麼
Ambil apa ?

kim- chio¯ , lin` ko` .
金蕉，林果。
香蕉，蘋果。
Pisang , apel .

lin` ko` ai` siah phe´ bo_ ?
林果愛削皮無？
蘋果要不要削皮 ？
Apel mau dikupas kulitnya ?

bien` , sue¯ ching- khi` to_ ke¯ yi` . ya` u_ cui¯ ko` bo_ ?
免，洗清氣都可以。抑有水果無？
不用，洗乾淨就可以。還有水果嗎？
Tidak usah,cukup dicuci yang bersih. Masih ada buah-buahan ?

gua¯ em_ cai¯ ya`.
我em 知影。.
我不知道。
Saya tidak tahu .

khi` khua` ping- siong- lai` tue` u_ ya` bo_ ?
去看冰箱內堆有也沒？
去看看冰箱裡有沒有？
Lihat dikulkas ada atau tidak ?

a` u_ cit kua´ suai¯ a` .
啊有一寡樣仔。
還有一點芒果。
Masih ada sedikit mangga . .

ta- ce` kua- cui¯ ko` kheng` jit ping- siong- lai¯ tue- .
搭這寡水果放入冰箱內堆。
把這些水果放進冰箱裡。
Masukkan buah-buahan ini kedalam kulkas.

em_ bien` sue` si_ em_ si-?
em 免洗是em 是？
不用洗嗎？
Apakah tidak perlu dicuci ?

ai` sue¯ ching- khi` .
愛洗清氣。
要洗乾淨。
Harus cuci yang bersih.

cit kua´ a_ cui¯ ko` ho_ li¯ cia- .
這寡仔水果乎妳喫。
這些給妳吃。
Ini semua untuk kamu makan .

si¯ ti` , jit wui´ si_ gua¯ e_ ping´ yu` , li` sin- si_ .
西蒂，這位是我乜朋友，李先生。
西蒂，這位是我的朋友，李先生。
Siti. Ini teman saya , tuan Lie .

li` sin- si_ , li¯ ho¯ .
李先生，妳好。
李先生，您好。
Apa kabar tuan Lie.

sin- si_ , li¯ chia¯ ce` . gua¯ khi` phau` teh ho` bo_ ?
先生，你請坐。我去泡茶好沒？
先生，您請坐。我去泡茶好嗎？
Silahkan duduk tuan. Saya mau buat teh?

ho` , ai` kha` kin- cit le_ .
好，愛卡緊一咧。
好的，快一點喔。
Baiklah , Cepat sedikit.

teh lai´ a` , neng_ wui` chia¯ yong_ .
茶來啊，二位請用。
茶來了，請兩位慢用。
Ini tehnya , Silahkan minum.

si¯ ti` , thai¯ thai` to` teng` lai` be_ ?
西蒂，太太倒轉來沒？
西蒂，太太回來了嗎？
Siti , nyonya sudah pulang belum?

ya` be´ , chia¯ meng` sin- si_ be` cia_ an` teng` bo_ ?
抑沒，請問先生麥喫暗頓無？
還沒，請問先生要用晚餐嗎？
Belum , apakah tuan mau makan malam dulu ?

bien` , wun´ ti- le` wua` khau` cia_ kue` a` .
免，溫佇咧外靠喫過啊。
不用了，我們在外面吃過了。
Tidak , saya sudah makan diluar tadi .

sih le` , than´ sin- si_ , gua¯ ing` khai¯ ai` cau` a_ .
失禮，陳先生，我應該愛走啊。
對不起，陳先生，我該走了。
Maaf , tuan Chen , saya pergi dulu .

cai` ken` , chia¯ ban` gia´ .
再見，請慢行。
再見，請慢走。
Sampai jumpa , hati-hati dijalan .

si¯ ti` , gin¯ na` i` kin- khun` a` be_ ?
西蒂，嬰仔已經睏啊沒？
西蒂，小孩已經睡覺了嗎？
Siti , apakah anak-anak sudah tidur?

i` kin- khun` a_ , sin- si_ , gua¯ e_ sai¯ khi` hio` khun` be_ ?
已經睏啊，先生，我會使去休睏沒？
已經睡了。先生，我可以去休息了嗎？
Sudah tidur. Tuan , apakah saya boleh istirahat ?

li¯ e_ sai¯ hio` khun` a_ , ai` e_ ki` le_ mi´ a` ca¯ khi` , go_ tiam` khi- cheng´ .
妳會使休睏啊，愛乜記咧明仔早起，五點起床。
妳可以休息了，記得明天早上五點鐘起床。
Kamu boleh istirahat . ingat besok pagi bangun jam lima.

課程名稱

外出

keluar rumah

Khi` bue` mi- kia- , ai` e` ki` le` cau` ci´ ka- the_ huat phio_ teng` lai` .
去買咪件，愛乜記咧找錢甲拿發票轉來。
去買東西，要記得找錢拿發票回來。
Pergi beli barang , ingat uang kembalian dan bonnya di bawa pulang .

Be¯ lo` ho´ a` , ai` e` ki` le` ca` ho_ sua` .
要落雨啊，愛乜記咧帶雨散。
要下雨了，要記得帶雨傘。
Hampir turun hujan , ingat bawa payung .

Chut meng´ cin` cing´ , ai` e´ ki` le` ca` so´ si´ ka` so´ meng´ , ai` e´ ki` le` hu` kin_ e- lo_ .
出門陣前，愛乜記咧帶鎖匙甲鎖門，愛乜記咧附近乜路。
出門前，要記得帶鑰匙和鎖門，要記得附近的路。
Sebelum keluar , jangan lupa bawa kunci dan pintunya harus dikunci. Ingat jalan di sekitamya .

Si¯ ti` , li` ling` ko` cit kin¯ bue´ kui´ khoh ?
西蒂，妳林果一斤買幾塊？
西蒂 ， 妳買蘋果一斤多少錢？
Siti , kamu beli apel 1 kati berapa harganya?

Cit kin¯ lak cap go- khoh .
一斤六十五塊。
一斤六十五塊錢。
1 kati 65 dollar .

thai¯ thai` kau¯ tai` gua- , mi´ a` tiong¯ tau` yi´ be´ teng´ lai` cia_ tiong¯ tau` teng` .
太太交代我，明仔中晝伊不轉來喫中晝頓。
太太交代我，明天中午她不回來吃午餐。
Nyonya berpesan pada saya , besok siang dia tidak pulang makan siang .

Gua¯ kah thai¯ thai` khi` chi´ tiun´ bue´ chai_ .
我甲太太去市場買菜。
我和太太一起去市場買菜。
Saya dan nyonya pergi bersama ke pasar beli sayur .

Si¯ ti` , li` pang- gua¯ khi` chi´ tiun´ bue´ chai_ .
西蒂，妳幫我去市場買菜。
西蒂，妳幫我去市場買菜。
Siti , kamu bantu saya ke pasar beli sayur .

Thai¯ thai` , be` bue´ sia´ mi` chai_ ?
太太，要買啥咪菜？
太太，要買什麼菜？
Nyonya , mau beli sayur apa ?

Si¯ ti` , li` pang- gua- bue´ cit kin- ti´ bah teng` lai` .
西蒂，妳幫我買一斤豬肉轉來。
西蒂， 妳幫我買一斤豬肉回來。
Siti , kamu bantu saya beli 1 kati daging babi .

Thai¯ thai` , gua- e´ sai¯ khi` to` bung` so` be´ ?
太太，我會使去倒糞掃沒？
太太，我可不可以去倒垃圾 ？
Nyonya , saya boleh pergi buang sampah ?

E` sai` e´ , tan` si_ ai` kin¯ khi` kin¯ teng` lai` .
會使乜，但是愛緊去緊轉來。
可以，但是要馬上回來。
Boleh , tetapi harus segera pulang.

Khi` bue´ san- kong- kin¯ chau¯ mei´ a` teng` lai` .
去買三公斤草莓仔轉來。
去買三公斤草莓回來。
Beli 3 kilo strawbery .

Ju` ko´ cit kong- kin- neng` pah khoh be` bue´ bo´ ?
如果一公斤二百塊要買無？
如果兩百塊錢一公斤要買嗎？
Kalau satu kilonya 200 juga mau beli ?

Na` siun´ kui` , li` to` mai` bue´ .
那傷貴，妳就甭買。
太貴了，妳就不用買。
Kalau terlalu mahal, kamu tidak usah beli .

Koh me` bue´ pah e´ bo´ ?
擱馬買別乜無？
要買別的嗎？
Apakah mau beli yang lain ?

Li` khua` mei_ , ju´ ko- kim- chio¯ bo´ kui` to` bue´ cit kua´ a` teng` lai` .
妳看麥，如果根蕉不貴就買一刮啊轉來。
妳看看，如果香蕉不貴就買一些回來。
Kamu lihat-lihat, kalau pisang tidak mahal belilah sedikit .

Thai¯ thai` , li` thiam` a_ , chia¯ hio` khun` cit le` , ce` thau´ lo` niu` gua¯ lai´ co` to- kho´ yi` .
太太，妳添啊，請休睏一咧，這頭路讓我來做都可以。
太太，您累了，請休息一下，這個工作讓我來做就好。
Nyonya , anda sudah lelah , silahkan istirahatlah sebentar , pekerjaan ini biar saya yang kerjakan .

Ju´ ko- lit siong´ yong_ phin` be_ bo´ a` , toh ai` ta- ko` cu` kong` .
如果日常用品要沒啊，都愛搭雇主講。
如果日常用品快要完了，就要告訴雇主。
Kalau kebutuhan sehari-hari sudah mau habis , harus memberitahu majikan .

Thai¯ thai` , pai` thoh li` ta- gua¯ bue´ kua´ mi- kia- , e` sai` bo´ ?
太太，拜託妳搭我買刮咪件，會使不？
太太，麻煩您幫我買點東西，可以嗎？
Nyonya, boleh bantu saya beli barang-barang?

Li` be` bue´ sia´ mi` ?
妳要買啥咪？
妳要買些什麼？
Kamu mau beli apa?

Pai` thoh li` ta- gua¯ bue´ wui` sin- mi´ .
拜託妳搭我買衛生棉。
麻煩您幫我買衛生棉。
Tolong belikan saya pembalut .

Koh be` bue´ sia´ mi` ?
擱要買啥咪？
還要買什麼？
Mau beli apa lagi?

Gua¯ e_ sak bun´ , ki- ko- lung` be_ bo´ a` .
我乜皂文，齒膏攏要沒啊。
我的肥皂，牙膏都快用完了，
sabun dan odol saya sudah hampir habis .

sue` huah ceng- ma` be_ bo´ a` .
洗髮精嘛要沒啊。
洗髮精也快完了。
Shampoo juga hampir habis .

Gua¯ e` ta- li` bue` teng` lai` .
我會搭妳買轉來。
我會幫妳買回來。
Saya bantu kamu belikan .

課程名稱

休 假

libur

thai¯ thai` , gua¯ e¯ tau` kam- e_ sai¯ hio` khun` ?
太太，我乜晝甘會使休睏？
太太，我可以有午休嗎？
Nyonya,boleh saya ada istirahat siang?

e_ , tiong- tau` cit tiam` kau` neng_ tiam` , li¯ e_ sai¯ hio` khun` .
乜，中晝一點到二點，妳會使休睏。
有，中午一點到兩點，妳可以午休。
Ada,siang jam 1 sampai jam 2, kamu beristirahat

hio` khun` si´ cun´ , li¯ e_ sai¯ khun` , ma_ e_ sai¯ khua` ten_ si_ , thia¯ siu- in- gi¯ , thia¯ kua- .
休睏時準，妳會使睏，嘛會使看電視，聽收音機，聽歌。
午休時，妳可以睡，也可以看電視，聽收音機，聽歌。
Waktu istirahat,kamu boleh tidur, lihat TV,dengar radio,dengar lagu .

tan` si_ sia- im- be´ sai¯ khui- siong´ tua´ .
但是聲音不使開傷大。
但是聲音別開太大。
Tetapi suaranya jangan terlalu keras

ten_ si_ bai´ khua` a` , ai` e_ khi` le` kuai¯ .
電視不看啊，愛乜記咧關。
電視不看了，要記得關。
TV tidak dilihat,ingat harus dimatikan

mi´ a` jit si` hio` khun` jit , wun´ ti- le` chu_ , li¯ siong- me- chuh khi` bo_ ?
明仔日是休睏日，我們佇咧厝，妳想麥出去chit tho 無？
明天是假日，我們在家，妳想出去玩嗎？
Besok hari libur,kami sekeluarga ada dirumah,apakah kamu mau pergi keluar?

gua¯ siong- me- chuh khi` bue` tan` po´ a` mi- kia- .
我想麥出去買淡薄啊咪件。
我想出去買點東西。
Saya ingin pergi keluar membeli barang.

li¯ u_ ci´ thong¯ yong_ bo_ ?
妳有錢統用沒？
妳有錢用嗎？
Apakah kamu ada uang untuk pakai?

bo´.
無。
沒有。
Tidak ada .

ce` si_ li¯ e_ sin- sui` .
這是妳乜薪隨。
這是妳的工資。
Ini uang gaji kamu .

chuh meng´ cin` cing´ , ai` e_ ki` le` hu` kin- e_ lo- .
出門陣前，愛乜記咧附近乜路。
出門前要記得附近的路。
Sebelum pergi harus ingat jalan di sekitar .

kin- khi` kin- teng` lai_ .
緊去緊轉來。
早去早回。
Cepat pergi cepat pulang .

gua¯ kau` e¯ tau` go- tiam` ciah teng` lai_ , e_ sai¯ e- bo_ ?
我到乜晝五點即轉來，會使乜無？
我到下午五點才回來，可以嗎？
Bolehkah saya sampai jam 5 sore nanti baru pulang?

na` e_ khi- hia´ ku` ?
那乜去暇久？
怎麼去那麼久？
Kenapa pergi begitu lama?

u_ ping- yu` tau` tin` khi` , kho- ling´ e_ seng` ka` ku` cit le` .
有朋友鬥陣去，可能會玩卡久一咧。
有朋友一起去，可能會玩久一點。
Pergi bersama teman,mungkin bisa main lama sedikit.

e_ sai¯ e- , cai´ ya` an- chua´ teng` lai_ bo_ ?
會使乜，知影按怎轉來無？
可以，懂得回來嗎？
Boleh,apakah bisa pulangnya.

be¯ ce- sia¯ mi- chia- teng` lai_ .
麥坐啥咪車轉來？
坐什麼車回來？
Pulang naik kendaraan apa?

li¯ be¯ ce- kong- chia- ya` si_ ke` ting- chia- ?
妳麥坐公車抑是計程車？
妳要坐公車還是計程車？
Kamu mau naik bus atau taxi?

ce- kong- chia- .
坐公車。
坐公車。
Naik bus.

ce- i` lo- e_ kong- chia- teng` lai_ .
坐一路乜公車轉來。
坐一路的公車回來。
Pulang naik bus nomer 1.

na_ si_ em_ cai¯ ya` teng` lai_ , ka` kong- kiong` tien_ wue_ teng` lai_ .
那是不知影轉來，卡公共電話轉來。
如果不會回來，打公共電話回家，
kalau tidak bisa pulang, pakai telepon umum telepon kerumah.

課程名稱

打電話

menelpon

Wue´ , chia¯ meng´ li¯ me- che_ sia¯ mi- lang´ ?
喂，請問你麥找啥咪人？
喂，請問，您找誰？
Hallo, anda mau cari siapa?

wue´ , chia¯ meng´ tan´ sin- si_ u_ ti- e_ bo_ ?
喂，請問陳先生有佇乜無？
喂，請問，陳先生在家嗎？
Hallo,apakah tuan Chen ada dirumah?

chia¯ meng´ li¯ kui` si` tua` mia´ ?
請問你貴姓大名？
請問，您貴姓大名？
Permisi tanya,dengan siapa ini yang bicara?

gua¯ si` li` .
我姓李。
我姓李。
Marga saya Lie .

chia¯ tan` cit le` .
請等一咧。
請等一下。
Tunggu sebentar.

thau´ ge¯ , li¯ e_ tien_ wue_ , u_ cit wui` li` sin- si_ ka` lai_ e_ .
頭家，你乜電話，有一位李先生卡來乜。
先生，您的電話，有位李先生打來的。
Tuan,ada telepon dari Tuan Lie

thai¯ thai` , tu- a` u_ lang´ ka` tien_ wue_ ho_ li¯ , si_ li¯ sio- cia´ .
太太，都啊有人卡電話乎妳，是李小姐。
太太，剛才有人打電話給妳，是李小姐。
Nyonya , tadi ada orang telepon cari anda , yaitu nona li .

i´ e_ tien_ wue_ ho` be` si_ 66668888 .
伊乜電話號碼是66668888。
她的電話號碼是66668888。
Nomor telepon dia adalah 66668888 .

chia¯ meng´ li¯ to- wui` che_ ?
請問妳叨位找？
請問哪裡找？
Numpang tanya anda dari mana ?

sio¯ cia´ chia¯ meng´ li¯ kui` se` ?
小姐請問妳貴姓？
小姐請問您貴姓？
Nona , numpang tanya marga anda apa ?

bo_ bun´ te´ , gua¯ e_ ta- gua¯ thau´ ge- kong` .
無問題，我乜搭我頭家講。
沒問題，我會告訴我的老闆。
Baik , saya bisa memberitahu majikan saya .

ya` u_ bah e_ tai¯ ci` me¯ kau- tai` bo_ ?
抑有別咧代誌麥交代無？
還有別的事情交代嗎？
Apakah masih ada pesan yang lain ?

Wue´ , chia¯ meng´ li¯ me- che´ sia¯ mi- lang´ ?
喂，請問你麥找啥咪人？
喂，請問，您找誰？
Hallo, anda mau cari siapa?

wue´ , chia¯ meng_ tan´ sin- si_ u_ ti- e_ chu_ e_ bo_ ?
喂，請問陳先生有佇乜厝乜無？
喂，請問，陳先生在家嗎？
Hallo,apakah tuan Chen ada dirumah?

sih le` , tan´ sin- si_ jit ma` bo´ ti- e_ chu_ .
失禮，陳先生即嗎無佇乜厝。
對不起，陳先生現在不在家。
Maaf,Tuan Chen tidak ada dirumah

a_ ne_ , tan´ thai¯ thai` u_ ti- e_ chu` bo´ ?
啊呢，陳太太有佇乜厝無？
那麼，陳太太在家嗎？
Apakah nyonya ada dirumah?

tan´ thai¯ thai` ma_ ya` be´ teng` lai_ , chia¯ meng_ li¯ kui` si` tua´ mia´ ?
陳太太嘛也沒轉來，請問你貴姓大名？
陳太太也還沒回來，請問您貴姓大名？
Nyonya juga belum pulang,ini dari mana?

gua¯ si` chua_ .
我姓蔡。
我姓蔡。
Saya marga Chai

chua_ sin- si_ , li` ho_ , chia¯ li` lau´ tien_ wue_ ho` be` , ho_ bo_ ?
蔡先生，你好，請你留電話號碼，好無？
蔡先生，您好，請留您的電話好嗎？
Tuan Tsai,tolong tinggalkan nomer telepon anda?

ho` , gua¯ e_ ten_ wue_ ho` be` si` 88886666 .
好，我乜電話號碼是 88886666。
好的，我的電話號碼是 88886666 。
Baiklah,nomer telepon saya adalah 88886666.

ho` , gua¯ e_ ta- tan´ sin- si_ kong` .
好，我會搭陳先生講。
好的，我會告訴陳先生。
Baik,saya akan beritahukan tuan Chen

to- sia` li¯ , li¯ si` sia´ mi- lang´ a` ?
多謝妳，妳是啥咪人啊？
謝謝妳，妳是誰啊？
Terimakasih, dengan siapa ini?

gua¯ ti- le` tan´ sin- si_ chu` lai_ co` lu¯ yong¯ .
我佇咧陳先生厝內作女傭。
我在陳先生家當女傭。
Saya pembantu tuan Chen .

thau´ ge¯ niu´ , cio` li¯ e_ tien_ wue_ yong_ , e_ sai¯ e- be` ?
頭家娘，借妳乜電話用，會使乜沒？
太太，借您的電話用，可以嗎？
Nyonya,bolehkah saya pinjem telepon anda?

li¯ be` ka` kau` to- wui´ khi` ?
妳麥卡到叨位去？
妳要打到哪裡？
Kamu mau telepon kemana?

gua¯ siong- be- ka` cit thong- tien_ wue_ teng` khi` in` ni´ .
我想麥卡一通電話轉去印尼。
我想打個電話回印尼。
Saya mau telepon pulang ke Indonesia .

thau´ ge¯ niu´ , gua¯ e_ sai¯ ta- ling´ tau- e_ tien_ wue_ ho` be` ho_ ping- yu` cai¯ bo_ ?
頭家娘，我會使搭妳因兜乜電話號碼乎朋友知無？
太太，我可以把妳家的電話給朋友嗎？
Nyonya, bolehkah saya beritahukan teman nomer telepon dirumah?

be´ sai¯ e_ , wun´ tau¯ e_ tien_ wue_ be` sai´ chin` chai` ho_ bah lang´ .
沒使乜，溫兜乜電話不使趁菜乎別人。
不可以，我家的電話不能隨便給他人。
Tidak boleh,nomer telepon dirumah tidak boleh diberitahukan kepada orang lain .

課程名稱

寄信

mengirim surat

Sia¯ phe- teng` khi` in` ni´ .
寫批轉去印尼
寫信回印尼
Tulis surat ke Indonesia .

Kia´ teng` khi` chu_ e_ phe- siu- tio` a` be_ ?
寄轉去厝乜批收著阿沒？
寄回家裡的信收到了沒有？
Surat yang dikirim ke rumah sudah diterima belum ?

thai¯ thai` , chia¯ meng_ li¯ u_ cua` bo_ ?
太太，請問妳有紙無？
太太，請問您有紙嗎？
Nyonya,apakah ada kertas?

li¯ the_ cua` be¯ cong` sia¯ mi- ?
妳提紙麥衝啥咪？
妳要紙來作什麼？
Kamu mau kertas buat apa?

gua¯ siong_ me¯ sia¯ phe- teng` khi` chu_ e_ .
我想麥寫批轉去厝乜。
我想寫封信回家。
Saya mau tulis surat kerumah

ya` ko- u_ khiam` sia¯ mi- bo_ ?
啊擱有欠啥咪無？
還缺什麼嗎？
Masih kurang apa lagi?

phe_ lung´ , yu´ phio` , bi` , gua¯ lung´ bo´ .
批龍，郵票，筆，我攏沒。
信封，郵票，筆，我都沒有。
Saya tidak punya Amplop,perangko,pen

tan` cit le` , gua¯ e_ the_ ho_ li¯ .
等一咧，我會提乎妳。
等一會兒，我會給妳。
Tunggu sebentar,saya berikan padamu .

thai¯ thai` , gua¯ siung_ be¯ kia_ phe- teng` khi` chu_ e_ .
太太，我想麥寄批轉去厝乜。
太太，我想寄信回家。
Nyonya,saya mau kirim surat kerumah.

第三章

- 衛生清潔好習慣
- 飲食健康身體壯
- 出門在外要小心
- 小孩老人平平安安
- 防火最重要
- 防風防水防颱風
- 防賊防盜保護自己

Chapter 3

安全篇
kebiasaan baik

My House Maid can speak Taiwanese

課程名稱

衛生清潔好習慣

kebiasaan baik menjaga kebersihan

cai` khi` khi¯ cheng´ au` , li` co` sia´ mi` ?
齋起起床後妳做啥咪？
早上起床妳做什麼事？
Pagi , Bangun tidur kamu kerja apa ?

Si¯ ti` , li` mui´ kang- go- tiam` ai` khi¯ cheng´ .
西蒂，妳每剛五點愛起床。
西蒂，妳每天五點鐘要起床。
Siti , kamu setiap hari harus bangun jam lima pagi.

Khi¯ cheng´ liau` au` , ai` sin- sue¯ chui` sue¯ bin´ .
起床了後，愛先洗嘴洗面。
起床後，要先刷牙洗臉。
Setelah bangun , sikat gigi dan cuci muka terlebih dahulu .

Wua` cheng¯ ka` ching- khi` e_ sa¯ lai´ co` thau´ lo- , li` cai´ bo´ ?
換穿卡輕氣乜衫來做頭路，妳知否？
換上乾淨的衣服工作，妳知道嗎？
Ganti baju yang bersih untuk bekerja , apakah kamu tahu ?

Mui´ neng` kang¯ sa¯ kang¯ ai` sue¯ thau´ cit pai` , thau¯ cang¯ ai` yong_ chue- hong- ki- chue` ho` ta- .
每二剛三綱愛洗頭一拜，頭鬃愛用吹風機吹乎乾。
每兩三天要洗頭一次，頭髮要用吹風機吹乾。
Setiap dua tiga hari sekali , harus cuci rambut , rambut dikeringkan dengan hair dryer .

Peng_ cing´ , pien` so` liau` au` , wua´ khau` teng` lai` , ai` yong_ sap bun´ , ka- chiu` sue` ho´ ching- khi` .
飯前，便所了後，外口轉來，愛用雪文給手洗乎清氣。
飯前，便後外出回來又用肥皂把手洗乾淨。
Sebelum makan , sesudah buang air , sesudah pulang dari luar , ingat tangan harus di cuci bersih dengan sabun .

Cu` chai` au` , cau` khah ai` ma¯ siong` cieng´ li` ching- khi` .
煮菜後灶腳愛馬上整理輕氣。
煮菜後廚房要馬上整理乾淨。
Setelah masak sayur , dapur harus langsung dibereskan yang bersih .

Wua` phuan´ ga- ti- ai` sue` ho´ ching- khi` , be¯ sai¯ kheng` siun´ cue- sa- la- thua- .
碗盤甲箸愛洗乎輕氣，不使放傷多沙拉脱。
碗盤和筷子要洗乾淨，不可放太多清潔劑。
Mangkok piring dan sumpit harus dicuci bersih , tidak boleh taruh terlalu banyak cairan pembersih .

Sin- sue¯ pue´ a` ciah lai` sue¯ wua` ti- .
先洗杯仔再來洗碗箸。
先洗杯子再洗碗筷。
Cuci gelas dahulu baru cuci mangkok sumpit .

Chun´ e´ e` chai` yong_ pau_ sien- mo´ pau¯ khi` lai` , kheng` lih ping- siong- .
賰乜乜菜用保鮮膜包起來，放入冰箱。
剩下菜用保鮮膜包起來放入冰箱。
Sisa sayur harus dibungkus pakai plastik pembungkus makanan , masukkan ke kulkas .

E` ki` le´ , chai_ hio´ a` be¯ sai¯ to` le` cui` kong` lai` .
乜記咧，菜葉仔不使倒咧水管內。
記得，菜渣不可以倒在水管裡。
Ingat , sampah sayur tidak boleh dibuang ke dalam pipa air .

Ku` e´ chai_ sien¯ the_ chu_ lai` cu` . sin- e` chai_ ai` ping- khi` lai` .
舊乜菜先提出來煮，新乜菜愛冰起來。
舊的菜先拿出來煮，新的菜要冰起來。
Sayur yang lama dimasak ter lebih dahulu , sayur yang baru dimasukkan ke kulkas .

Chai_ na` si` bo´ chen- , toh ai` tan` tiau´ .
菜那是不青，都愛丟掉。
菜如果不新鮮就要丟掉。
Sayur kalau tidak segar , harus dibuang .

Sue` wua´ phuan´ liau` au` , cui` co´ ai` ma¯ siong´ sue` ching- khi` .
洗碗盤了後，水槽愛馬上洗輕氣。
洗碗盤後，洗碗槽要馬上清洗乾淨。
Sesudah cuci mangkok piring , bak cuci mangkok harus langsung dibersihkan yang bersih .

Ching- cieh thau´ lo- ai` ching- khi` , to` po` ai` si´ siong´ sue` .
清潔頭路愛清氣，桌布愛時常洗。
清潔工作要乾淨，抹布要常洗。
Pekerjaan kebersihan harus yang bersih , kain lap kain pel harus sering dicuci .

To` po` lak sak a` , ai` the_ khi` sue` cit le` .
桌布落圾啊，愛提去洗一咧。
抹布髒了要拿去洗一洗。
Kain lap sudah kotor harus di cuci .

Cing- li´ ping- siong- e- si´ cun´ , ping- siong- lai` tui` e ´ mi- kia- ai` the_ chu` lai` .
整理冰箱乜時準，冰箱內堆乜咪件愛提出來。
清理冰箱時，冰箱裡的東西要拿出來。
Waktu membersihkan kulkas , barang-barang didalam kulkas harus dikeluarkan .

To` bung` so` e´ si´ cun´ , bung` so` thang` ai` e´ ki` e` kheng` bung `so` te` a´ .
倒糞掃乜時準，糞掃筒愛乜記乜放糞掃袋仔。
倒垃圾後，垃圾筒要記得放垃圾袋。
Setelah buang sampah , harus ingat tong sampah taruh plastik sampah .

Bung` so` thang` la` sak a´ , to` ai` sue¯ ching- khi` .
糞掃筒落圾啊，都愛洗輕氣。
垃圾筒髒了，就要洗乾淨。
Tong sampah sudah kotor , harus dicuci bersih .

Be¯ tan` tiau´ mi- kia- cim` cing´ , sien- the´ ho` ko` cu` khua` .
要丟掉咪件陣前，先提乎雇主看。
要丟東西前，先拿給雇主看。
Sebelum buang barang , harus kasih lihat majikan dahulu .

Be¯ sai¯ chin` chai` tan` mi- kia- .
不使趁菜丟咪件。
不可以隨便丟東西。
Tidak boleh sembarangan buang barang .

Bung` so` ma` be´ sai` o_ peh tan` , ai` tan` le` bung` so` thang` .
糞掃嘛不使黑白丟，愛丟咧糞掃筒。
垃圾也不可以亂丟，要丟在垃圾筒。
Sampah juga tidak boleh sembarangan buang , harus dibuang ke tong sampah .

Ki` to` bung` so` teng` lai` , chiu` ai` sue¯ ching- khi` .
去倒糞掃轉來，手愛洗輕氣。
去倒垃圾回來，手要洗乾淨。
Pulang dari buang sampah , tangan harus dicuci bersih .

課程名稱

飲食健康身體壯

menjaga kebiasaan makan makanan yang sehat

chiu` na` u_ phua` khong- , ai` tua` chiu` long´ ciap e´ sai¯ sue` chai_ cu_ chai_ .
手那有破孔，愛戴手龍才會使洗菜煮菜。
手有傷口，要戴手套才能洗菜煮菜。
Tangan terdapat luka, harus memakai sarung tangan baru dapat mencuci, memasak sayur .

be´ sai¯ ti_ ciap yong_ chui_ chi` kiam´ chia` , ai` yong_ theng- si- a`.
不使直接用嘴試鹹淡，愛用湯匙仔。
不可直接用嘴試煮菜，要使用湯匙。
Tidak boleh secara langsung menggunakan mulut mencicipi masakan, harus menggunakan sendok .

Bo_ ai` e_ chin` peng- , chin` chai_ , ai` kheng_ li` pun´ thong .
不要乜剩飯，剩菜，愛放入潘桶。
不要的剩飯，剩菜，要放入餿水桶。
Nasi sisa, sisa sayur yang sudah tidak mau dipakai lagi, harus dimasukkan kedalam ember tempat buang sisa makanan .

bue¯ mi- kia- ai` cu` yi` che` cho_ ji- ci` kah po¯ cun´ khi´ han_ .
買咪件愛注意製造日子甲保存期限。
買東西要注意製造日期與保存期限。
Saat membeli barang harus memperhatikan tanggal produksi serta tanggal kadaluwarsa .

siun´ kue` siok e_ si_ mu_ , wui´ sin- bun´ te´ ai` se` li¯ .
傷過俗乜食物，衛生問題要細字。
太過於便宜的食品，要小心衛生的問題。
Produk makanan yang terlalu murah, harus hati2 dalam masalah kadar luarsa .

theng- si´ a` ti- lak e_ tho´ kha_ au` , yi` tin_ ai` sue¯ kue` ciah e_ sai` yong_ .
湯匙仔箸落乜土腳後，一定愛洗過即會使用。
湯匙筷子掉在地上後，一定要洗過才能再用。
Sendok garpu setelah jatuh kelantai, harus dicuci bersih baru boleh digunakan kembali .

tu´ liau` cui¯ ko- yi- wua` , si´ mu_ chin` liang_ em_ thong¯ chen- cia_ .
除了水果以外，食物盡量不通青喫。
除了水果外，盡量不要生吃食物。
Selain buah-buahan, usahakan jangan dimakan mentah .

si´ mu_ bo´ be¯ ma¯ siong` cia_ e_ , yi` ting` ai` ma¯` siong` kheng` li_ ping- siong- ping¯ .
食物沒麥馬上喫乜，一定愛馬上放入冰箱冰。
新鮮食物沒有要馬上吃的，一定要放入冰箱冷藏。
Bahan makanan yang segar yang tidak mau dimakan langsung, harus dimasukkan kedalam kulkas untuk didinginkan .

ling´ thong` kue` e_ si´ mu_ , ai` wan´ cuan´ cu` ho_ siu- au` , ciah e_ sai` cia_ .
冷凍過乜食物，愛完全煮乎燒後，才會使喫。
冷藏過的食物，要充分加熱烹煮才能食用。
Bahan makanan yang telah didinginkan, harus dipanaskan baru boleh dimakan .

che` bah e_ tiam¯ , ai` ga- che` chai_ e_ tiam¯ hun- khai¯ yong_ .
切肉乜砧，愛甲切菜乜砧分開用。
切肉用的砧板，要與切青菜的砧板分開用。
Papan talenan untuk memotong daging, harus dibedakan dengan papan talenan untuk memotong sayuran .

khu¯ khu` sau` au` , pha` ka` chiu_ au` lung_ ai` ma¯ siong` sue¯ chiu` , sue¯ bin¯ .
咳咳嗽後，拍卡咻後攏愛馬上洗手，洗面。
咳嗽後，打噴嚏後都要馬上洗手，洗臉。
Setelah batuk, setelah bersin harus segera cuci tangan, cuci muka .

wua_ lio_ cu¯ a_ , ta- lau´ lang´ gin¯ na` pang` lio_ pang` sai` au` , ma` ai` ta- chiu` sue¯ ching- khi` .
換尿珠仔，搭老人嬰仔放尿放屎後，嗎愛搭手洗清氣。
更換尿布，幫老人小孩大小便後，也要洗乾淨手。
Mengganti popok, setelah membantu orang tua, anak kecil kencing berak, tangan juga harus dicuci bersih .

yong_ sap bun´ sue` chiu` si´ , ai` chim´ chio` sue` chiu¯ cain¯ lai- , ceng¯ kah , chiu¯ bin- kah chiu¯ te` .
用雪文洗手時，愛斟酌洗手截內，踵甲，手面甲手底。
用肥皂洗手時候，仔細擦洗手指間，指甲，手背與手掌。
Saat mencuci tangan menggunakan sabun batang, sela-sela jari harus dibersihkan dengan teliti, kuku jari, telapak tangan serta permukaan tangan .

lu` kah u_ pho¯ , sue` cap bio` ceng- yi´ siong` , ciah yong_ cui` sue` ching- khi` .
攄甲有波，洗十秒鐘以上，才用水洗清氣。
至少擦出泡沫，擦洗十秒以上，才用清水沖乾淨。
Paling dikit gosok sampai berbusa, menggosok diatas sepuluh detik, baru dibilas menggunakan air bersih .

sue` ho_ chiu` au` , phua` cui` ta- cui` to_ thau´ lam´ ho_ ching- khi` .
洗好手後，潑水搭水道頭淋乎清氣。
沖洗手後，潑水將水龍頭淋乾淨。
Setelah tangan dibilas bersih,membersihkan keran air dengan memercikkan air atau menyiram air keatas keran air .

mui´ cit le` lang´ lung´ ai` u_ ka- gi- e_ bin` kin- , be´ sai` yong_ bah lang´ e_ .
每一咧人攏愛有家己乜面巾，不使用別人乜。
每個人要有專用的毛巾，不可用他人的。
Setiap orang harus ada handuk khusus, tidak boleh menggunakan punya orang lain .

課程名稱

出門在外要小心

saat keluar rumah harus hati-hati

chua_ hiau- phun- u- kue` me¯ lo` si´ , ai` khan- tiau´ chiu` kah an- cuan´ .
娶小朋友過馬路時，愛牽牢手甲安全。
帶小朋友過馬路時，要牽住手比較安全。
Waktu bawa anak kecil menyeberang jalan , harus menggandeng tangannya lebih aman .

giu` lau´ thui¯ lo` lau´ thui¯ , ai` chu` yi_ kha- po- , em_ thong- ta_ khong- .
就樓梯落樓梯，愛注意腳步，不統踏空。
上下電梯，要注意腳步，不要踩空。
Naik turun lift, harus perhatikan langkah kaki, jangan tidak injak lantai .

siong_ ha` tien- hu- the- , chu` yi- sin- khu- , be´ sai` phua_ to` .
上下電扶梯，注意身軀，不使撲倒。
上下電扶梯，注意重心，不能跌倒。
Naik turun tangga jalan/ escalator, perhatikan sikap badan, tidak boleh jatuh .

chu` meng´ yi` tin` ai` ca_ so´ si´ , yi` tin` ai` sun_ chiu¯ kuai¯ meng´ .
出門一定愛早鎖匙，一定愛順手關門。
出門一定要帶鑰匙，一定要隨手關門。
Keluar rumah harus membawa kunci , harus biasakan setiap saat tutup pintu .

chu` wua_ be´ sai` ca` siun´ kui` e_ mi- kia- , ci´ cai´ be´ sai` ho_ lang´ khua` tio_ .
出外不使早傷貴乜咪件，錢財不使乎人看到。
出外不要攜帶昂貴的物品，金錢不要露白。
Keluar rumah jangan membawa barang yang berharga, uang jangan dipamerkan .

lu¯ yung¯ chu` meng´ yi` tin` ai` ca` chu_ lai- te` ci¯ kah ko` cu` e_ tien_ wue_ ho` be` .
女傭出門一定愛早厝內地址甲雇主乜電話號碼。
女傭出門一定要帶著家中的地址與雇主的電話號碼。
PRT keluar rumah harus selalu membawa alamat rumah serta no telp majikan.

tai´ wan´ gia´ lo- khue- chia- long` si` kho` cian` peng´ e_ , kue` me- lo- ai` te- peh siu¯ sim- to` peng´ lai- e_ chia- .
台灣行路開車攏是靠正爿乜，過馬路愛特別小心倒爿來乜車。
台灣走路或是汽車都是靠右邊的，過馬路要特別留意左邊來車。
Berjalan atau mengendarai kendaraan di Taiwan semuanya di tepi sebelah kanan, saat menyebrang jalan harus lebih hati-hati memperhatikan kendaraan yang datang dari sebelah kiri .

kue` me¯ lo` be´ sai` lung` chen- ang_teng- .
過馬路不使撞青紅燈。
過馬路不能闖紅燈。
Menyebrang jalan tidak boleh menerobos lampu merah .

kia´ kha- ta- chia- ma` ai` hui´ siong´ siu- sim- , chu` yi` ai` kho` cian` peng´ kia´ .
騎腳踏車嗎愛非常小心，注意愛靠正爿騎。
騎腳踏車也要非常小心，注意靠右邊騎。
Saat mengendarai sepeda juga harus hati-hati, harus perhatikan mengendarai di sebelah kanan .

che_ bo´ lo` si´ , ai` ka` tien_ wue_ ho_ ko` cu` , ban_ yi- be´ sai` e_ , ciah yong_ te` ci- meng- lang´ .
找不路時，愛卡電話乎雇主，萬一不使乜，才用地址問人。
迷路的時候，要打電話給雇主，萬一連絡不上，才使用地址問別人。
Saat tersasar, harus menelpon ke majikan, jika tidak terhubungi, baru menggunakan alamat bertanya pada orang lain .

ce_ chia- chu` meng´ , na` si_ e_ hin- chia- , to_ ai` the´ ca¯ cun´ pi- .
坐車出門，那是會暈車，就愛提早準備。
搭車出門，會暈車的話，要事前防範。
Keluar rumah menggunakan kendaraan umum, jika bisa mabok naik kendaraan, sebelumnya harus menyiapkan diri .

chu` wua´ , chen- hun_ lang´ meng_ wue- , be´ sai` chin` chai` ing` .
出外，青分人問話，不使趁菜應。
出外，不要回應陌生人的搭訕。
keluar rumah, jangan menyahut atau terlibat percakapan dengan orang asing .

課程名稱

小孩老人平平安安

anak kecil orang tua sehat sentosa

cui¯ to_ thau´ yong_ ho_ , ai` ma¯ siong` kuai¯ tio- .
水道頭用好，愛馬上關掉。
水龍頭用好，要馬上關掉。
Setelah memakai kran air , harus segera ditutup .

Be´ sai` ho_ gin¯ a` ka- gi´ peh lau` thui´ , cin- hui` hiam` .
不使乎嬰仔家己爬樓梯，真危險。
不要讓小朋友自己爬樓梯，很危險。
Jangan biarkan anak kecil naik tangga sendiri , sangat berbahaya .

Eh king- a` tho- kha- kut , ai` po- chi´ ho´ ta- , be´ sai¯ ho´ a` kong- pua_ to` .
浴間仔土腳滑，愛保持乎乾，不使乎阿公摶倒。
浴室地板滑，要保持乾燥，不要讓阿公跌倒。
Lantai kamar mandi licin , harus selalu menjaga kering , jangan sampai kakek terpeleset jatuh .

Kia´ lau- thui¯ ai` se` li´ , ban¯ ban` a´ kia´ , ai` cu¯ i` an- cuan´ .
行樓梯愛細膩，慢慢阿行，愛注意安全。
上下樓梯要小心，慢慢的走，要注意安全。
Naik turun tangga harus hati-hati , jalan pelan-pelan , perhatikan keamanan .

ai` cu¯ i` gin¯ na` kah lau_ lang´ e_ an- cuan´ .
愛注意嬰仔甲老人乜安全。
要注意小孩和老人家的安全。
Harus perhatikan keamanan anak kecil dan orang tua .

tien_ hue¯ suan_ ai` siu- ho´ ho` , be´ sai` ho_ gin¯ na` kah lau_ lang´ phua_ to` .
電火線愛收乎好，不使乎嬰仔甲老人撲倒。
電線收好，不要絆倒小孩與老人。
Kabel listrik di simpan baik, jangan sampai tersandung oleh anak kecil atau orang tua .

be´ sai` ho_ gin¯ na` ciah kin` iung¯ tai´ , thang´ a` meng´ , yi- bien¯ gin¯ na` phua` lo_ .
不使乎嬰仔接近陽台，窗仔門，以免嬰仔撲落。
不能讓小孩靠近陽台，窗戶，以免攀爬摔落。
Tidak boleh membiarkan anak kecil mendekati balkon/ serambi, jendela supaya tidak memanjat naik dan terjatuh .

tua_ e_ lau¯ ting` , thang´ a` meng´ iung¯ tai´ si_ thong_ hui_ hiam` e_ so_ cai- , ai` sui´ si´ kuai- e_ so¯ ho_ ho` .
住乜樓頂，窗仔門陽台是統危險乜所在，愛隨時關乜鎖乎好。
住在高樓，窗口陽台是最危險的地方，要隨時關好上鎖。
Tinggal di lantai yang tinggi, pintu jendela, balkon adalah tempat yang paling berbahaya, harus di tutup dan kunci rapat .

sio- kun¯ kun` e_ mi- kia- , kun¯ cui` , ai` kheng` le` gin¯ na` mong¯ be´ tiu- e_ so¯ cai- .
燒滾滾乜咪件，滾水，愛放咧嬰仔摸沒對乜所在。
燙熱的食物，開水，要放在小孩碰觸不到的地方。
Makanan, air minum yang panas, harus diletakkan di tempat yang tidak terjangkau oleh anak kecil .

lai` ta_ , huan´ a` hue` , la` ce_ , to- a` , ka- to- , ciam-suan_ be´ sai` ho_ gin¯ na` the_ e_ tio- .
lighter ，番仔火，蠟燭，刀仔，鋏刀，針線不使乎嬰仔拿乜到。
打火機，火柴，蠟燭，刀子，剪刀，針線不能讓小孩拿得到。
Tidak boleh membiarkan anak kecil mengambil geretan, korek api, lilin, pisau, gunting dan jarum .

sue` han_ mi- a` ma` be´ sai` ho_ gin¯ na` sem` , yi´ bien` cia_ lit pak to` lai- .
小項咪仔馬不使乎嬰仔玩，以免喫入腹肚內。
細小東西也不能給小孩玩，以免誤食。
Benda yang halus dan kecil juga tidak boleh kasih anak kecil main, agar tidak dikira makanan .

kuan¯ a` ma_ ai` siu¯ ho´ ho` , be´ sai¯ ho_ gin¯ na` long` phua_ .
罐仔馬愛收乎好，不使乎嬰仔梇破。
瓶子，罐子也要收拾好，不讓小孩打破。
Botol, kendi atau jambangan harus disimpan baik, tidak boleh membiarkan anak kecil memecahkannya .

to` kui- e_ meng´ ai` kuai- ho´ ho` , sue¯ sa¯ ki- , hong´ sa¯ ki- , ping¯ siong- e_ meng´ long¯ ai` kuai¯ ho´ ho` , yi´ bien` gin¯ na` luan_ seng` .
櫥櫃乜門愛關乎好，洗衫機，烘衫機，冰箱乜門攏愛關乎好，以免嬰仔亂玩。
櫃子的門要關好，洗衣機，烘衣機，冰箱的門都要關好，以防小孩亂玩。
Pintu lemari juga harus ditutup baik, mesin cuci, mesin pengering, pintu kulkas semuanya harus ditutup baik, agar tidak sembarang dimainkan oleh anak kecil .

be´ sai` ho_ gin¯ na` tan- toh cit lang´ tiam¯ e_ cau` kha¯ kah ek sek lai- .
不使乎嬰仔單獨一人墊乜灶腳甲浴室內。
不能讓小孩單獨在廚房或浴室裡。
Tidak boleh membiarkan anak kecil sendirian di dapur atau di wc .

ka- ku- ai` pai´ ho_ ceng¯ chue´ kho` bia` , yi´ bien` lung- tio_ phua_ to` .
傢具愛擺乎整齊靠壁，以免弄著撲倒。
傢具擺設要整齊靠牆壁，以防碰倒撞到。
Perabot rumah harus di letakkan teratur dan rapi disandarkan pada tembok, supaya tidak tertabrak

e_ kut e_ lau´ thue- cau¯ long- , ai` se` li_ lau¯ lang´ gin¯ na` e- phua_ to` .
會滑的樓梯走廊，愛細字老人嬰仔乜撲倒。
容易滑倒的樓梯走道，要小心老人小孩的跌倒。
Anak tangga, koridor yang licin dan mudah tergelincir, harus hati-hati anak kecil dan orang tua terjatuh .

the` gin¯ na` lau¯ lang´ sue¯ sin- khu- si´ , sin- kheng` cui` tio´ ho_ wun´ to` au` , ciah chua_ gin¯ na` lau¯ lang´ khi¯ sue` .
替嬰仔老人洗身軀時，先放水調好溫度後，才娶嬰仔老人去洗。
替小孩老人洗澡時候，先放水調好水溫後，才帶小孩老人到浴室。
Saat membantu anak kecil, orang tua mandi, setelah menyiapkan air dan suhu diatur hangat, baru bawa anak kecil, orang tua ke kamar mandi .

tien_ jah khi` , tien_ ko- , kun¯ cui¯ khi` , khau- men- pau- gi- , uh tau` ce` e_ siu- e_ tien_ khi` , be´ sai` kheng` ti_ tho´ kha¯ ho_ gin¯ na` mong´ tio_ .
電熱器，電鍋，滾水器，烤麵包機燙斗這乜燒乜電器，不使放佇土腳乎嬰仔摸到。
電熱器，電鍋，開水機，烤麵包機燙斗等會燙會熱的電器，不能放在地上給小孩碰到。
Mesin pemanas, rice cooker, mesin air minum , pemanggang roti, setrika, dll mesin yang bisa membuat panas, jangan di letakkan di lantai agar tidak tersenggol anak kecil .

to- po` tin¯ thau´ si´ siong- u_ kheng` mi- kia- , be´ sai¯ ho_ gin¯ na` giu¯ tio_ to- po` , chin_ liang_ bai` yong_ to- po` .
桌布頂頭時常有放咪件，不使乎嬰仔扯到桌布，盡量不用桌布。
桌巾上常有放東西，不可讓小孩拉扯到桌巾。可以的話，不要使用桌巾。
Sering menaruh barang di atas taplak meja, jangan sampai membiarkan anak kecil menarik taplak meja. jika boleh, jangan menggunakan taplak meja .

gin¯ na` cia_ tio` em_ cai¯ e_ mi- kia- , ma¯ siong- ai` ho_ yi´ sin- khua` .
嬰仔喫到不知乜咪件，馬上愛乎醫生看。
小孩吃到不明的東西，馬上要給醫生看。
Anak kecil memakan barang yang tidak jelas, harus segera bawa ke dokter .

luan` cia_ e_ mi- kia- kah te` e_ kuan- a` ai` te´ khi` ho_ yi´ sin- khua` .
亂喫乜咪件甲袋乜罐仔愛提起乎醫生看。
誤食的東西或所裝的瓶子要帶著給醫生看。
Benda yang disalahmengertikan jadi makanan atau barang yang diletakkan dalam botol, harus dibawa kasih dokter lihat .

yam´ seng- , sue` pien_ so` ce- , bang¯ a` cui` , ka-choa_ yok a` , chen- hiang- gi- long` ai` kheng` ti_ kuan_ e_ thua¯ a_ lai- .

鹽酸，洗便所劑，蚊仔水，甲抓藥仔，清香劑攏愛放佇高乜拖仔內。

鹽酸，洗廁劑，殺蟲劑，蟑螂藥，清香劑等都要收好放在高的櫃子裡面。

Obat pembersih wc, obat pembasmi serangga, pengharum ruangan semuanya harus disimpan baik dan letakkan dalam lemari yang tinggi .

lau_ lang´ bak chiu- bo´ ho` , thia- be´ chin- cho` , yi-yong_ be´ tio- e_ mi- kia- mai` kheng` ti_ yi- e_ sin-pi¯ .

老人目啾不好，聽不清楚，伊用不著乜咪件麥放佇伊乜身邊。

老人眼睛不好，聽力不好，他用不到的東西別放在他的身邊。

Orang tua penglihatannya kurang bagus, sistem pendengarannya juga kurang bagus, barang yang tidak mungkin digunakan olehnya jangan diletakkan disampingnya .

chu` lai- ciam¯ e_ mi- kia- , ai` se` li` siu- ho´ ho` , yi- bien¯ lung` tio_ siu` siun- .
厝內尖乜咪件，愛細字收乎好，以免撞著受傷。
家中尖銳的東西，要小心收好，以免碰撞受傷。
Barang tajam yang ada dalam rumah, harus simpan baik-baik,supaya tidak kena dan terluka .

to´ kha- tam- a` , ai` ma¯ siong- chi` ho_ ta¯ , yi´ bien¯ kut to` .
土腳濕啊，愛馬上拭乎乾，以免滑倒。
地板溼了，要馬上擦乾，以免滑倒。
Lantai basah, harus segera dilap kering, supaya tidak tergelincir .

tien_ khi` cha` co` , be´ sai` ho_ gin¯ na` seng` .
電器插座，不使乎嬰仔玩。
電器插座，不能讓小孩玩耍。
Tidak boleh membiarkan anak kecil main stop kontak listrik .

課程名稱

防火最重要

yang paling penting mencegah kebakaran

Lip khi` pang´ king- khui- tien_ hue` , chut lai- e_ ki` le` kuai- tien_ hue` .

入去房間開電火，出來乜記咧關電火。

進入房間才開電燈，出來時候要記得關電燈。

Masuk kamar nyalakan lampu , keluar ingat padamkan lampu .

Am` si´ be- khun` cin` cing´ , ai` e_ ki` le` kuai- meng´ , so¯ meng´ , kuai- ga- su` .

暗時要睏陣前，愛乜記咧關門，鎖門，關瓦斯。

晚上睡覺前，要記得關門，鎖門，關瓦斯。

Ingat , malam mau tidur tutup pintu , kunci pintu , matikan gas .

peng- cu` ho` liau´ au` , e_ ki` le` yi` tin` ai` kuai- tiau` ga- su` lo´ ka- ga- su` khai- kuain- .

飯煮好了後，乜記咧一定愛關掉瓦斯爐甲瓦斯開關。

飯煮好後，記得一定要關掉瓦斯爐及瓦斯開關。

Setelah selesai masak nasi , harus ingat matikan gas dan kompor.

tiam¯ la_ ce` hue` si´ , ai` li_ khui- hui´ hiam` mi- kia , be´ sai` ho_ sio- tio_ hui` .

點蠟燭火時，愛離開危險物件，不使乎燒著火。

使用燭火時，必須遠離易燃物，也要小心引起火災。

pada saat menyalakan lilin harus menjauhi barang-barang yang mudah terbakar ,hati-hati agar tidak terjadi kebakaran.

tai´ wan´ u_ si´ u_ te_ tang- , te_ tang- bo´ pan` hua` cai- ya` , so- yi` ai` co` ho¯ u` hong- .

台灣有時有地動，地動無辦法知影，所以愛作好預防。

台灣偶而會有地震，地震無法預知，所以要作好預防工作。

Di Taiwan sering terjadi gempa bumi, gempa bumi tidak dapat di beritahu sebelumnya, tapi harus menyiapkan baik tindakan pencegahannya .

khi` tio´ kheng` chiu¯ tien_ tien` ti´ e_ so´ cai` , ban` yi` am` si´ thin- tien_ , to` e- sai` che_ lai- yong_ .

記著放手電電池乜所在，萬一暗時停電，就會使找來用。

準備好記住放置手電筒，電池的地方，萬一晚上停電的時候才可以找到來用。

Lampu senter yang sudah disiapkan baik harus diingat tempat peletakannya, tempat batere, jika malam hari saat listrik mati bisa dengan mudah di temukan untuk digunakan .

te- tang` lai- si´ , po´ chi´ tin` ting` , be´ sai` hong- kong´ .
地動來時，保持鎮定，不使慌狂。
地震來時，保持鎮定，不要慌張。
Saat gempa bumi datang, harus menjaga tetap tenang, tidak boleh gugup .

te¯ tang` si´ , li´ khue´ po- le´ , tio` ting- , ka- ku` tien_ si_ hu` kin` , ai` mi` e_ bia` kak .
地動時，離開玻璃，吊燈，傢具電視附近，愛密乜壁角。
地震的時候，遠離玻璃，吊燈，傢具電視附近，要躲在牆角。
Saat terjadi gempa bumi, harus menghindari sekitar kaca, lampu gantung, perabot rumah tangga, TV, harus berlindung pada sudut tembok .

te¯ tang` lai´ si- , na` si` ti- e_ cau` kha- , ai` ma¯ siong` khuan- tio` ga- su` lo´ , so¯ an´ ga- su¯ khai- kuain- .
地動來時，那是佇乜灶腳，愛馬上關掉瓦斯爐，鎖緊瓦斯開關。
地震來的時候，若還在廚房的話，要馬上關掉瓦斯爐，鎖緊瓦斯開關。
Saat gempa bumi datang, jika masih berada di dapur, harus segera mematikan kompor gas, kran pembuka tabung gas harus dikunci rapat .

te¯ tang` lai´ si´ , ti_ e_ su_ yong` tiong- e_ tien_ khi` , pi` lu´ uh tau` , kau- men- pau- ki- , wue- bua- lu- , lung` ai` ma¯ siong` ban¯ tiau` cha` thau´ .

地動來時，佇乜使用中乜電器，比如熨斗，烤麵包機，微波爐，攏愛馬上拔掉插頭。

地震來時，正在使用中會發熱的電器，如燙斗，烤麵包機，微波爐等，要馬上拔掉插頭。

Saat gempa bumi datang, mesin yang bisa membuat panas yang sedang digunakan, misalnya setrika, mesin pemanggang roti, microwave oven, steker colokannya harus segera dicabut .

te¯ tang` si´ , be´ sai` su´ yong_ tien_ thui¯ .

地動時，不使使用電梯。

地震時候，不可以使用電梯。

Saat terjadi gempa bumi, tidak boleh menggunakan lift .

Lip khi` pang´ king- khui- tien_ hue` , chut lai- e_ ki` le` kuai- tien_ hue` .
入去房間開電火，出來乜記咧關電火。

課程名稱

防風防水防颱風

menghindari angin yang kencang, menjaga kebanjiran, menjaga bahaya Thypoon

chu` wua´ kau` e_ chiu´ a` ai` yong_ thiau´ a` ko` tin` , ai` ko- ka´ tiu_ bo´ yong_ e- chiu´ gi- .
厝外靠乜樹仔愛用柱仔固定，愛擱剪掉無用乜樹枝。
屋外的樹木要用支架支撐，同時修剪多餘的葉枝。
pohon pohon yang ada diluar , pohon-pohon dalam taman harus diikat dengan penahan agar lebih kuat . dan rapikan batang-batang pohon .

chu` wua´ chu` lai- so¯ pai´ e_ tak hang` mi- kia , lung` ai` the´ lo` lai_ kheng` ho_ ho` se` .
厝外厝內所擺乜逐項咪件，攏愛提落來放乎好勢。
屋內屋外擺的各種雜物，都要拿下來收好。
berbagai tanaman pohon di luar rumah atau di dalam taman , harus segera disimpan .

hong- thai¯ lai- si´ , hui´ bu` ti- yi` i´ wua` , ai` chin` liang_ liu´ e- chu` lai- .
風颱來時，非不得已以外，愛盡量留乜厝內。
颱風來時，除非不得已，不要離開房子。
waktu angin thypoon datang , kalau tidak penting sekali , tidak boleh keluar rumah .

na` si_ chu` khi` si´ , ai` sui´ si´ chu` yi- bei¯ lo_ lai- e- hui´ hiam` mi- kia- .
那是出去時，愛隨時注意飛落來乜危險咪件。
真有外出時，一定要隨時注意飛落物的危險。
waktu keluar harus perhatikan apakah ada barang yang jatuh menimpa .

ai` cun¯ pi` chiu¯ tien_ , yi- bien` hiong¯ hiong´ sit tien- .
愛準備手電，以免雄雄熄電。
要準備手電筒，以防突然停電。
harus siapkan senter , untuk dipakai saat listrik mati .

wui´ be` hong- ci` hue¯ cai- , ai` kiam¯ cha- ga- su` , kiam¯ cha- tien_ hue` , kah hue¯ lo´ .
為麥防止火災，愛檢查瓦斯，檢查電火，甲火爐。
為了防止火災，要檢查瓦斯，檢查電線電器，以及火爐。
untuk menghindari kebakaran , periksa saluran gas , saluran listrik , perhatikan kompor .

teng¯ khi` e_ tien_ suan_ , be´ sai` yong` chiu` khi` bong- .
斷去乜電線，不使用手去摸。
斷掉的電線，不可以用手碰觸。
kabel listrik yang putus , tidak boleh dipegang dengan tangan .

kiam¯ cha- meng´ kah thang´ a` meng´ kan- u_ kuai- an´ .
檢查門甲窗仔門甘有關緊。
檢查門窗是否關牢。
periksa pintu dan jendela apakah terkunci .

ai` sin- sin´ chui` , yi- bien` hiong¯ hiong´ sit tien- ya` si` thing ´ cui` .
愛先盛水，以免雄雄熄電抑是停水。
要先儲水備用，以免突然停電或停水。
simpan cadangan air , untuk menghindari tidak ada listrik dan tidak ada air .

ci- yau` u_ ho¯ ho` a_ co` ho¯ cun¯ pi- , to` e_ sai` ta- sun- si` kang` kau` siun´ ge- .
只要有好好仔作好準備，就會使搭損失降到傷低。
只要防備得宜，就能使災害損失減到最低程度。
hanya dengan pelaksanaan pencegahan dengan baik , dapat mengurangi kerugian sekecil mungkin .

課程名稱

防賊防盜保護自己

menghindari perampok, pencuri menjaga diri sendiri

u_ lang´ chi_ tien_ ling´ , be´ sai` chin` chai` khui- meng´ .
有人擠電鈴，不使趁菜開門。
有人按門鈴，不可以隨便開門。
Ada orang pencet bel , tidak boleh sembarangan buka pintu .

am` si´ be` khun` chin´ ai` e_ ki` le` kuai- meng´ , so- meng´ , kuai- ga- su` .
暗時麥睏前愛乜記咧關門，鎖門，關瓦斯。
晚上睡覺前要記得關門，鎖門，關瓦斯。
Malam hari sebelum tidur ingat tutup pintu , kunci pintu , matikan gas .

li` khi` pang´ king- khai- tien_ hue` , chu` lai_ gi` le` kuai- tien_ hue` .
入去房間開電火，出來記咧關電火。
進去房間開燈，出來記得關燈。
Masuk kamar nyalakan lampu , keluar ingat matikan lampu .

gia´ lo- khi` hak hau- , yi` tin` ai` chu` yi` an- cuan´ .
行路去學校，一定愛注意安全
走路上學校，一定要注意安全。
Saat jalan kesekolah , harus perhatikan keselamatan .

chu` wua´ hu` kin- u_ gi´ kuai` e_ lang´ cho_ hen` , ai` ta- ko` cu` kong` .
厝外附近有奇怪乜人出現，愛搭雇主講。
家門附近有可疑人出現的話，要告訴雇主。
Sekitar pintu rumah jika kedapatan orang yang mencurigakan, harus memberitahukan majikan .

lu¯ yung¯ cit lang´ ti_ chu` si´ , be´ sai` ta- chen- hun- lang´ khui- meng´ .
女傭一人佇厝時，不使搭青分人開門。
女傭單獨在家時候，不能給不認識的人開門。
Saat PRT sendirian dirumah, jangan membukakan pintu untuk orang yang tidak dikenal .

Lo- e_ u_ cian_ choe- khi` chia- kah gi- chia- , ai` siu- sim- .
路仔有正多汽車甲機車，愛小心。
街上有很多汽車跟摩托車，要小心。
Dijalan banyak mobil dan motor , harus hati-hati.

so´ si´ ai` po¯ kuan- ho´ ho` , em_ thong- pah bo´ .
鎖匙愛保管乎好，不統拍無。
鑰匙要好好保管，不要遺失。
Kunci disimpan baik-baik , jangan hilang .

be_ khun` , chu¯ meng´ chin´ lung¯ ai` kiam- ca´ meng¯ thang- , ai` siu¯ sim- chat a` li` lai- .
麥睏，出門前攏愛檢查門窗，愛小心賊仔入來。
睡覺，出門前都要檢查門窗，要小心小偷闖空門。
Sebelum tidur, keluar rumah selalu harus periksa jendela, pintu rumah, harus hati-hati pencuri menerobos masuk kedalam rumah .

kong¯ yu` e_ tua´ meng´ , ma` ai` sui´ si´ kuai- ho` , be´ sai` ho_ chen¯ hun- lang´ tue` e_ li` khi` .
公寓乜大門，麥愛隨時關好，不使乎青分人對乜入去。
公寓的大門，也要隨時關好，不能讓陌生人跟著進去。
Pintu besar apartemen, harus setiap saat ditutup rapat, tidak boleh membiarkan orang asing ikutan masuk kedalam .

常用台語俚語

peribahasa umum bahasa hokkian

Chapter 4

輕鬆篇
bagian santai

常用台語俚語

peribahasa umum bahasa hokkian

【一咧人、一款命】

cit le_ lang´ , cit khuan¯ mia- .

每一個人，都各有其命運；有好也有壞，是不能以相同的模式，將每一個人的一生，評定出個標準的看法的。

Hidup manusia memiliki nasib yang berbeda , ada yang baik dan ada yang buruk . Ada waktunya baik ada waktunya buruk.Tidak dapat membandingkan nasib kita dengan orang lain.

【人二腳，錢四腳 】

lang´ neng¯ kha- , ci´ si` kha- .

人只有兩隻腿，錢就像有四條腿；人要追錢財，往往都是追的很辛苦，卻還是徒勞無功，永遠也追不上的。

Seberapa hebatnya kita berusaha untuk mengejar uang, kita tidak akan pernah bisa meraihnya

---

【心歹無人知，嘴歹尚厲害】

Sim- phai` bo_ lang´ cai- , chui_ phai` siong_ li- hai` .

心裡壞的人，縱使再壞，只要他說話甜，大家也就都不知道他的內心真正可怕。但是若是一個人內心好，嘴巴卻只會出口傷人，那麼縱使他內心多好，終究會被他人所厭惡的。這是說明世間人重表面而忽視內在的諷刺話。

Hati manusia tidak ada yang tahu tapi , apa yang dipikirkan dan direncanakan. Tetapi disimpan berapa lamapun akhirnya ketahuan juga.Orang yang memfitnah adalah orang yang berbahaya dan dapat membunuh hanya dengan kata-kata.

常用台語俚語

peribahasa umum bahasa hokkian

【有嘴講到無涎】
U_ chui` kong¯ ka- bo´ nua´
形容辛苦勸告別人。
Menggambarkan : susah payah menasehati orang lain

【一樣米飼百樣人】
cit yiu_ bi` chi_ peh yiu_ lang´
說明人在相同環境中長大，卻會產生大不相同的性格。
dalam lingkungan yang sama juga bisa terdapat orang yang berbeda sifatnya

【龜笑鱉無尾】
ku¯ chio_ bi_ bo´ bue`
自己能力不夠，卻還嘲笑別人，五十步笑百步。
diri sendiri tidak mampu , tetapi malah menertawakan orang lain .

【飼老鼠咬布袋】
chi_ niau¯ chi` ga_ bo` te_
指被人忘恩負義的對待。
menggambarkan orang yang tidak tahu berterima kasih

常用台語俚語

peribahasa umum bahasa hokkian

【台灣錢，淹腳目】
tai´ wan´ ci´ , in¯ ka´ mah
指台灣經濟發達，到處有錢賺。
menggambarkan keadaan ekonomi taiwan makmur , dimana-mana bisa menghasilkan uang

---

【大碗閣滿墘】
tua´ wua` ko- buan¯ gi´
指東西便宜又質量好。
menggambarkan : murah selain itu barang bagus

【歹戲拖棚】
au` hi` gau´ thua¯ pe´
說明不好看的戲，就只會拖時間。
drama yang tidak bagus dilihat , cuma membuang-buang waktu saja

---

【天公疼憨人】
thi¯ kong- thiah gong- lang´
傻人往往反而有好運，成日耍心機的聰明人反而倒楣厄運連連。
orang yang dungu malah beruntung

常用台語俚語

peribahasa umum bahasa hokkian

【軟土深掘】
neng¯ tho´ chim- kuh
眼看他人善良就變本加厲地欺負他。
jadi orang yang terlalu baik malah bisa dipermainkan oleh orang lain

【呷緊弄破碗】
cia_ kim` lung` phua` wua`
用很急切的速度去處理事悄，反而容易壞事。
bekerja terlalu cepat bisa membuat kacau keadaan

【西瓜偎大邊】
si- kue¯ wuah tia´ ping´
指為人很勢利、沒原則。
menggambarkan : orang yang suka meninggikan diri / tinggi hati , jadi orang yang tidak mempunyai prinsip

【食果子，拜樹頭】
cia_ kue¯ ci` , pai` chiu_ thau´
說明人要懂得感恩、飲水思源。
menggambarkan orang harus tahu berterima kasih

常用台語俚語

peribahasa umum bahasa hokkian

【食米不知米價】
cia_ bi` em_ cai- bi` ke_
指為人奢侈浪費，不知賺錢的辛苦。
menggambarkan : orang yang boros , tidak mengerti kesusahan mendapatkan uang

【餓鬼，假細字】
yau¯ kui` ge¯ se` ji`
指：口是心非，想要卻假裝不想要。
mulut dan hati berkata lain , menginginkan tapi tidak berani mengungkapkan

【無魚，蝦也好】
bo_ hi´ , he´ ma_ ho`
有總比沒有好。
ada lebih baik daripada tidak ada

【種瓠仔生菜瓜】
ceng` pu´ a` sen- chai` kue¯
指事與願違，與原本意料的正好相反。
keadaan yang sebenarnya dengan keinginan hati bertolak belakang, dengan perkiraan bertolak belakang

常用台語俚語

peribahasa umum bahasa hokkian

【鴨仔聽雷】
ah a` thia- lui´
指完全聽不懂，根本沒有反應的。
sama sekali tidak mengerti

【一枝草，一點露】
cit gi- chau` , cit tiam¯ lo-
天無絕人之路，一定有路可以通的。
tidak ada yang mustahil , pasti ada harapan

【人在做，天在看】
lang´ ti_ e_ co` , thi¯ ti_ le` khua_
指善有善報，惡有惡報。
menggambarkan : berbuat baik ada imbalannya , berbuat jahat ada hukuman yang setimpal

---

【打人乜喊救人】
pha` lang´ e_ hua` kiu` lang´
自己打別人還先喊救命，就是壞人的先聲奪人伎倆。
dia sendiri yang memukul orang tapi malah berteriak minta tolong

常用台語俚語

peribahasa umum bahasa hokkian

【好心去乎雷親】
ho¯ sim- khi` ho_ lui´ chin¯
指好心好意對待別人，別人卻不領情。
menggambarkan orang yang berniat baik pada seseorang tapi orang itu malah tidak berterimakasih

---

【好酒沈甕底】
ho¯ ciu` tim_ ang` te`
事情的發展，總是越後面越精彩。
perkembangan dari situasi , semakin akhir semakin menakjubkan

---

【俗物無好貨】
sioh mi` bo_ ho¯ hui`
太便宜買的東西，通常不會是很好的東西。
barang yang terlalu murah bukan barang yang bermutu baik

【做擱流汗、嫌擱流涎】
co` kah lau_ kua- , hiam´ kah lau_ nua´
辛苦的做事卻還被別人挑剔、譏諷。
sudah susah payah bekerja tapi malah di benci orang lain

常用台語俚語

peribahasa umum bahasa hokkian

【校長兼摃鐘】
hau` tiu` kiam¯ long` ceng-
一個人任務工作多，大小事情都必須做。
menggambarkan kewajiban orang banyak , besar kecil masalah semua harus dikerjakan

【蚊仔叮牛角】
bang` a` teng` gu´ kak
沒有半點效果，只是白費力氣。
menggambarkan tidak ada hasil , buang –buang tenaga saja

【徛高山，看馬相踢】
Khia´ kuan- suan- , khua` be` sio¯ thak
在旁邊看別人打架，不涉入是非恩怨中。
menggambarkan melihat orang yang sedang berkelahi , tidak mencampuri urusah orang lain

【十嘴，九腳倉】
cap chui` , kau¯ ka- cheng-
形容人數眾多討論事情時，意見就會跟著增多。
menggambarkan banyak orang maka pendapat pun juga banyak

常用台語俚語

peribahasa umum bahasa hokkian

【三年一閏，好歹照輪】
sah ni´ jit jun` , ho¯ phai` ciau` lun´
指人不會永遠好運，總是會有好運、壞運一直在輪流著。
menggambarkan orang tidak selamanya beruntung , pasti ada keberuntungan , tidak beruntung datang bergantian

【小貪鑽雞籠】
sueh tham- neng` ge- lang¯
形容貪小便宜的，總會嚐到損失。
menggambarkan tamak akan keuntungan kecil , suatu saat pasti akan merasakan kerugian

【大舌擱興啼】
tua´ ci- ko- hin` thi´
形容不會做事，卻又愛表現的人。
melukiskan orang yang tidak bisa kerja , tapi senang mencari perhatian

【扑斷手骨顛倒勇】
pha` teng_ chiu¯ kut tiam- to` yung`
比喻一個人遭遇困難，反而意志堅定，愈失敗愈勇敢。
menggambarkan orang yang bertekad tetap , semakin banyak kegagalan semakin berani

常用台語俚語

peribahasa umum bahasa hokkian

【橫柴擎入灶】
huai´ cha´ ngia´ lip cau`
形容魯莽做事的人。
menggambarkan orang yang bekerja dangan terburu-buru

【七月半乜鴨仔】
chit ye_ pua` e_ ap a`
形容不知死活的人。
menggambarkan orang yang tidak takut mati

【六月芥菜，假有心】
lak ye_ gua` chai_ , ga¯ u_ sim-
比喻人虛情假意，明明沒有心，卻還假裝有那個心。
menggambarkan orang yang munafik , muka dua .

【放牛食草】
pang` gu´ cia_ chau`
隨他自由自在，不用再管他了。
mengikuti kebebasan dia , terserah dia saja

【草蜢撩雞公】
co¯ mah a_ lang_ ge- kang¯
比喻人自尋死路。
dia sendiri yang cari mati

常用台語俚語

peribahasa umum bahasa hokkian

【摜籠鬲假燒金】
kuan_ la´ a` ge¯ sio- kim¯
表面上明著像是做這事，實際卻做別事。
kelihatannya dia seperti mengerjakan hal ini , tapi sebenarnya hal lainnya yang sedang dikerjakan

---

【生雞卵無 放雞屎有】
sen- ge- neng_ bo´ , pang` ge- sai` u_ .
這就是成語中的：「成事不足，敗事有餘」。
Orang yang tidak memiliki kemampuan , apa yang dilakukan selalu gagal

---

【台灣頭 台灣尾走透透】
Tai´ wan¯ thau´ , tai´ wan¯ bue` cau` thau¯ thau` .
形容從頭到尾都走遍了。
Seluruh pelosok taiwan sudah dijelajahi

【有人興燒酒、有人愛豆腐】
U_ lang´ hin` sio- ciu` , u_ lang´ ai` tau_ hu_ .
興指興趣，愛指喜好，就是類似【海畔有逐臭之夫】，説明每個人的偏好都是不同的，不僅每一個人的「口味」不盡相同，嗜好也隨人而異。
Setiap orang memiliki kebiasan yang berbeda.Kita harus saling menghormati / menghargai satu sama lain

常用台語俚語

peribahasa umum bahasa hokkian

【有功無賞、弄破愛賠】
U_ kong- bo´ siong` , lung` phua_ ai` pai´ .
「多做多錯，少做少錯，不做不錯」，全是因為「有功無賞，打破就賠」下，所產生因循苟且的心理。
Banyak bekerja banyak salah , sedikit bekerja sedikit salah , tidak bekerja tidak akan salah. Orang yang memiliki pemikiran seperti ini adalah orang yang takut gagal dan takut untuk memulai segala sesuatu

---

【喫好鬥燒報】
Cia_ ho_ tau` sio- po`
就是說：請大家告訴大家。
Kepada sesama kita harus saling mengingatkan akan satu sama lainnya jika ada kesalahan

---

【食飯皇帝大】
Cia_ pang- hong´ te` tua´ .
台灣農業社會中，吃飽飯是最重要的事，所以見面問好都是說：【喫飽沒？】。這個諺語是說吃飯的事最重要，其他的事情都可以等吃飽飯再去辦理的。
makan dulu lebih penting , pekerjaan lain diletakkan terlebih dahulu .

常用台語俚語

peribahasa umum bahasa hokkian

【殺頭生理有人做、了錢生理無人做】

Thai_ thau´ sien- li` u_ lang´ co` , liau¯ ci´ sien- li` bo´ lang´ co` .

生意就是為了利潤，有利潤才有人作，沒利潤的的生意，沒利益的事情是不會有人去作的。而只要有利可圖的事情，縱使傷天害理，縱使作奸犯法也是人人搶著去作。說明世人以利為為頭，唯利是圖。

Orang yang tamak akan berusaha mengumpulkan kekayaan dengan berbagai cara untuk keuntungan pribadi tanpa memikirkan akibat yang dilakukan dan tidak mau betanggung jawab

---

【娶某大姊、坐金交椅】

Chua_ mo¯ thua¯ ci` , ce_ kim- gau- yi` .

用來打破男女結婚時，會在意女方年紀比男方大的台灣俗諺。

Umur bukanlah menjadi penghalang dalam menjalani pernikahan

【抹壁雙面光】

bua¯ bia` sieng¯ bin¯ geng¯ .

指為人非常圓滑，可以兩面俱到，雙方討好，或是說一個人見風轉舵，沒有原則，如同牆頭草般沒志氣。

Orang yang tidak setia dan selalu bersandar kepada orang yang kuat dan berkuasa. Dimana saja ada yang lebih kuat dan lebih baik, dia akan pindah kesana.

常用台語俚語

peribahasa umum bahasa hokkian

【洗面洗耳邊、掃地掃壁邊】
sue¯ bin_ sue¯ hi´ bi¯ , sau` te- sau` bia` bi¯ .
耳邊與壁邊都是容易被忽略過的小地方，這是説作事情要注意到這些小地方才能把工作作得完備完整的。
Terkadang kita hanya melihat suatu masalah yang besar saja , tidak memperhtikan hal yang kecil. Padahal dari hal yang kecil apabila kita bisa menyelesaikan maka tidak mungkin kita tidak dapat menyelesaikan masalah yang besar

---

【神仙撲鼓有時錯、腳步踏錯啥人無】
sin- sen- pha` ko- u_ si´ cho` , ka´ po_ ta_ cho` sia` lang´ bo´ .
就是説【馬有失蹄】的意思，指人都有犯錯的時刻，如同非聖賢，熟能無過，而此句台語諺語更説連神仙都會錯誤了，就別説是平凡的人的。
Pada saat kita melakukan pekerjaan terjadi kesalahan tidaklah mengapa , karena tidak ada manusia yang sempurna , bahkan dewa pun bisa melakukan kesalahan apalagi manusia

常用台語俚語

peribahasa umum bahasa hokkian

【時到時當、無米煮蕃薯湯】

si´ kau` si´ teng¯ , bo´ bi` cu¯ han´ ci- teng¯ .

這一句俚語就是：「船到橋頭自然直」的意思。形容人做事有很樂觀的態度，縱使沒米也還有蕃薯可以吃，卻也是在諷刺此人做事沒有完善的準備計劃，就只會任由事情的先發生，再來作相應的對策的。

Perahu akan kembali ke dermaga dengan sendirinya , artinya pada saat kita memberikan semangat harus ada hasilnya , memberikan semangat , tidak saling menjatuhkan

---

【寃家變親家】

wan- ka- pien` chin- ka- .

世間上，有時候明明是彼此敵視的雙方，卻可能因為命運的變化，人事的變遷，造成雙方彼此諒解接受，卻反而成為甜蜜的親人。

Musuh menjadi saudara. Dikarenakan memperebutkan sebidang tanah terjadi permusuhan , terkadang dilingkungan bertetangga pun terjadi keributan dan kedua belah pihak bermusuhan dari generasi sebelumnya . Tetapi bisa saja di generasi selanjutnya akan terjadi persahabatan seperti contohnya perkawinan anak antar musuh dan akhirnya musuh menjadi saudara

常用台語俚語

peribahasa umum bahasa hokkian

【買厝，買厝邊 】

bue¯ chu_ , bue¯ chu` pien¯ .

這句話是說明鄰居的重要性，選擇房子住所是必須考慮鄰居的好壞的，不能只用房屋的物質條件來取捨的。

Membeli rumah membeli lingkungan sekitar.Disaat membeli sesuatu seperti membeli rumah kita tidak hanya membeli rumahnya saja, bangunannya, luasnya, kamarnya, letaknya, feng shuinya tetapi kita juga harus melihat tetangganya. Karena lingkungan mempengaruhi kita. Dapat menjadi baik atau buruk

---

【運命天註定 】

wun_ mia_ thi¯ cu` tia_ .

人生在世，有很多事情就是那樣發生了，與其費心費力的去追究為什麼，倒不如只用一句話，命運是早就定好了的，這樣來說服自己，讓自己放開一點，不必去太在意【惡人長性命，好人攏短命】的感嘆的。

Hidup sudah diatur oleh Tuhan , jadi apapunyang terjadi pada hidup kita , baik atau buruk , kita harus kuat dalam menghadapi cobaan

常用台語俚語

peribahasa umum bahasa hokkian

【輸人不輸陣、輸陣歹看面】

su¯ lang´ em_ su¯ tin- , su¯ tin- phai` khua` bin- .

這是說人們縱使實力上明明就是輸給了別人，雖然你知我知天知地知，卻往往不願意承認接受這個事實。就要在擺陣頭的時候，將別人比下去。因為若是輸了陣頭，就連面子都不好看了。這是說明人注重面子的逞強心理。

Sudah kalah tetapi tetap mempertahankan pendapatnya untuk menutupi kesalahannya. Ini menceritakan bahwa setiap pertarungan ada yang kalah dan ada yang menang. Kalah adalah hal yang biasa saja , tetapi janganlah setelah kalah tetap mempertahankan diri untuk tidak mengakui kesalahannya.

【歹竹出好筍 】

phai` te- chu_ ho¯ sun` .

說是縱使有不好的父母或是生長環境，仍能產生好的下一代的。因為是好是壞全靠自己的努力，而非只靠父母親的庇蔭的。

Bagaimana pun latar belakang keluarga kita tidak akan mempengaruhi keadaan kita sekarang dan tidak akan mempengaruhi nasib kita selanjutnya. Dari keluarga yang buruk bisa saja melahirkan anak yang baik

常用台語俚語

peribahasa umum bahasa hokkian

【一人一家代、公媽隨人拜】
cit lang´ cit ka- tai_ , kong- ma` sui´ lang´ pai` .
這句是「各人自掃門前雪，莫管他人瓦上霜」的意思。
Jangan mencampuri urusan orang lain

【十二生相變透透】
cap li_ sen- siun_ beng` thau` thau_ .
形容一個人想盡方法，什麼花招都施展出來了，仍然逃不出明眼人的法眼，最後還是得到應有的報應。
Dalam kepercayaan chinese ada 12 shio yang setiap tahun bergantian tidak pernah putus. Ini menceritakan seseorang yang jika melakukan sesuatu yang tidak baik pada waktunya akan ketahuan juga , dan tidak bisa lari kemana-mana.

【入人門，順人意】
li_ lang- meng´ , sun` lang- i_ .
就是說嫁雞隨雞，嫁狗隨狗的意思，嫁入他人家，就最好順著對方的意思才好生活。
Dimanapun kita berada kita harus mengikuti kebudayaan dan adat istiadat setempat seperti menikah dan kita harus mengikuti adat istiadat dan kebiasaan keluarga yang kita tinggal (Beradaptasi)

常用台語俚語

peribahasa umum bahasa hokkian

【大欉樹腳，好佇蔭】

tai´ cang- chiu- kha- , ho¯ ti_ in` .

「大欉樹」就是「保護傘」，在有力人士的遮蓋庇護下，弱勢的人，就可以不被欺淩，可以不受歧視。

Bersandar pada pohon yang rindang akan mendapat perlindungan , ini menceritakan tentang iman kita untuk terus bersandar kepada kepercayaan kita

---

【天無墘，海無底】

thi¯ bo´ gi´ , hai` bo´ te` .

活到老，學到好，人上有人，故要學習再學習。

Langit tidak terukur luasnya dan laut tidak terukur dalamnya. Manusia harus terus belajar dan belajar tiada hentinya , karena ilmu tidak ada habisnya untuk dipelajari

---

【不識字，兼無衛生】

em_ pat li- , kiam- bo´ wui´ sin- .

「不識字」已經是差了別人一截了，若又髒又亂沒衛生，說人不自知膚淺，卻又不努力，這樣一定會被人所討厭的。

Sudah tidak tahu huruf (buta huruf) , termasuk orang yang rendah dan tidak beradab , orang akan dengan sendirinya menjauhi dan tidak mau bergaul

常用台語俚語

peribahasa umum bahasa hokkian

【雙腳踏雙船，心頭亂紛紛】
sieng¯ kha- ta_ sieng¯ chun´ , sim- thau´ luan` hun- hun¯ .
一件工作，卻用左右逢迎的方法去作、無法專一，當然就心頭混亂沒有主張了。
Menapakkan kaki di dua perahu.Ini menceritakan satu hati dua kepribadian,tidak ada pendirian yang tetap,mengerjakan sesuatu setengah-setengah yang akhirnya malah kedua-duanya tidak selesai dan menjadi berantakan

---

【老大人囝仔性】
lau_ tua- lang´ gin¯ a` sin` .
人年紀老了時候，反而個性變得好玩、逗趣，如同小孩子般的個性。
Manusia semakin tua kembali menjadi seperti anak-anak. Kearifan akan mengikuti sepanjang umur manusia, tetapi kemampuan semakin berkurang disaat bertambahnya usia. Kearifan dan kemampuan tidak ada sangkut pautnya Terkadang manusia semakin tua sifatnya dapat kembali menjadi seperti anak kecil.

常用台語俚語

peribahasa umum bahasa hokkian

【有毛乜甲卡叢簑、無毛乜食甲秤錘】
u_ mo¯ e_ cia_ ka¯ cang- sue- , bo_ mo¯ e_ cia_ ka¯ chin` thui´ .
形容台灣人在飲食方面，什麼都吃的誇張說法。
Segala sesuatu makanan yang ada adalah anugrah dan kita harus mensyukurinya , baik itu lembek , keras atau sulit dimakan buat kita. Yang terutama adalah makanan yang dapat dimakan saat lapar dan dapat mengganjal perut kita

---

【扶起無扶倒】
pho_ khi` bo´ pho_ to` .
如同有錦上添花，卻無雪中送炭的人性，人性總是趨炎附勢的居多。
Berusaha untuk mencapai sesuatu tetapi tidak mendapatkan.Terkadang manusia dikarenakan ingin mencapai sesuatu keinginan , mereka berusaha menggunakan cara untuk mendekati orang yang memiliki kekuasaan , tetapi akhirnya mereka tidak mendapatkan apa-apa

常用台語俚語

peribahasa umum bahasa hokkian

【好歹在心內、嘴唇皮相款待】
ho¯ phai` cai_ sim- lai_ , chui_ thun´ phe´ sio- khuan` tai_ .
比喻雙方各懷鬼胎、相互算計，表面上卻都在陪笑臉，不說難聽的話來得罪對方。
Kedua belah pihak dikarenakan menjalin hubungan yang cukup lama, dan tidak enak hati untuk merusaknya dengan memperlihatkan ketidak sukaan diwajah mereka, terkadang pada saat berhadapan satu sama lain bertegur sapa dengan manis , tetapi sangatlah berbeda dengan apa yang ada dalam hati mereka.

【做會好，尚界好；做昧好，帶鐵鎖】
co` e` ho` , siong_ khai` ho` , co` be´ ho` , tua` the` so` .
「做會好」，雖然不一定是「大功」一件，但是，期待著「一分耕耘，一分收穫。」的心情下，有了成就感，自然是「上界好」了。
Berbuat baik tidak perduli apakah itu perbuatan besar ataupun kecil , setiap perbuatan ada imbalannya.Yang utama adalah pada saat kita berbuat baik , kita iklas melakukannya, dengan sendirinya akan membuat sekeliling menjadi baik

常用台語俚語

peribahasa umum bahasa hokkian

【無大你年、也大你月】
bo´ tua_ li¯ ni´, ya` tua_ li¯ gue_ .
表示人生閱歷應該較為深入，人生獲認應該更加深刻，長輩總是有可取的優點，也因此不要有不服老的傲慢習慣的。
Ada orang yang umurnya lebih tua daripada kita dan bagaimanapun juga mereka memiliki lebih banyak pengalaman daripada kita dan kita harus menghormatinya

---

【惡馬惡人騎】
o_ me` o_ lang´ khia´ .
野性再凶的「惡馬」，終有被更兇悍的牛仔制服的時刻。
這俚諺，是指「一物剋一物」的意思；再怎麼作惡橫行的人，總有遇到「強中手」之時。
Apapun perbuatan jahat kita suatu saat pasti ada balasannya

【講乜比唱乜卡好聽】
kong` e_ pi¯ chiun_ e_ khah ho¯ thia¯ .
比喻有人只會說些誇大不實的假話，還以為別人會傻到相信這人講的真的比唱的還好聽。
Yang dibicarakan hanyalah kata-kata manis saja (tong kosong nyaring bunyinya). Dibandingkan dengan kenyataannya tidak ada yang benar dan tidak perlu didengarkan hanyalah omong kosong belaka

【歹竹出好筍】
phai` te- chu_ ho¯ sun´.
說是縱使有不好的父母或是生長環境，仍能產生好的下一代的。因為是好是壞全靠自己的努力，而非只靠父母親的庇蔭的。
Bagaimana pun latar belakang keluarga kita tidak akan mempengaruhi keadaan kita sekarang dan tidak akan mempengaruhi nasib kita selanjutnya. Dari keluarga yang buruk bisa saja melahirkan anak yang baik

國家圖書館出版品預行編目資料

我家印傭說臺語/張隆裕編著 --初版--
臺北市：汎亞人力出版，上報汎亞國際文化
發行，2005〔民94〕
面 ； 公分 - - (外籍勞工管理實務系列：3)
中臺印對照
參考書面 ： 面
ISBN 986-80845-6-3（平裝）
ISBN 986-80845-7-1（平裝附光碟片）

1.臺語-讀本
802.52328 94020265

我家印傭說台語

作　　者 — 張隆裕◎編著
發 行 人 — 蔡宗志
發行地址 — 台北市106大安區和平東路二段295號10樓
發行/出版 — 汎亞人力資源管理顧問有限公司
編　　輯 — 江裕文、劉麗霞、林嘉惠
美術設計 — 陳雅欣、呂文珊、李嘉欣
電　　話 — (02)2701-4149代表號
傳　　真 — (02)2701-2004
總 經 銷 — 紅螞蟻圖書有限公司

出 版 日 — 2005年11月初版
定　　價 — 書籍定價$240元・一書+2CD特價$360元

PAN ASIA
HUMAN RESOURCES MANAGEMENT&CONSULTING CORP.
汎亞人力資源集團